Eva-Louise C. CATHERINE

Les amies rares et majestueuses

Roman

Ce livre est une œuvre de fiction. Les noms, les personnages, les lieux et les évènements sont le fruit de l'imagination de l'auteur ou sont utilisés fictivement. Toute ressemblance avec des personnes réelles, vivantes ou mortes, serait pure coïncidence.

Dépôt légal : juillet 2021

ISBN 979-10-699-7375-6

À toutes les femmes,

Chapitre premier

Émilie tenait. Elle était au bout du rouleau mais elle tenait, car il n'y avait pas d'alternative. Il fallait pouvoir tout concilier : son travail de cadre à responsabilités, ses deux enfants, les corvées ménagères et les temps de trajet, toujours interminables en région parisienne. Émilie effectuait une heure de transport tous les matins pour se rendre sur son lieu de travail. La moyenne pour la majorité des Franciliens, donc pas de quoi se plaindre ; c'était ce qu'endurait la plupart des gens ici. Il fallait aussi supporter les contraintes de son travail de cadre : le stress, la pression, les exigences, les heures que l'on ne compte plus, les projets qui s'accumulent, les échéances de plus en plus courtes…

Mais Émilie devait-elle se lamenter, puisque c'est ce qu'elle avait toujours cherché à devenir : cadre à responsabilités et manager d'équipe ? Elle avait travaillé dur pour cela, repris ses études et gravi les échelons un à un. Non, malgré la fatigue, elle ne devait pas se plaindre. Du haut de ses quarante ans, Émilie avait tout ce qu'elle pensait devoir détenir pour être heureuse : une famille, du travail, de l'argent.

Pourtant, Émilie était sur la corde raide, exténuée, au bout de ses limites… mais sans en prendre réellement conscience. Elle poursuivait ses multiples activités de front, sans aucun temps de répit pour prendre du recul… souffler… méditer… réfléchir à la possibilité d'une vie différente.

C'était enfin le week-end. Elle devait encore travailler pour boucler un énième projet pour son travail, mais elle devait surtout s'occuper de ses enfants ; alors, elle les conduisit au parc. Elle aurait voulu être davantage présente pour jouer et rire avec eux mais elle ne le pouvait pas. Elle avait emporté son ordinateur portable afin de travailler tout en surveillant ses enfants du coin de l'œil. « Je me rattraperai demain, se promit-elle. Demain, promis, je leur accorde plus de temps. »

Le lendemain, dimanche matin, les enfants chahutaient à la table du petit déjeuner tandis que l'esprit d'Émilie était accaparé par une présentation PowerPoint qu'il lui restait à concevoir. Elle commença à sentir la colère monter, car elle ne pouvait pas se concentrer sur ses pensées. Mais, heureusement, elle parvint à se raisonner : « Stop ! s'ordonna-t-elle. Tu ne dois pas crier sur tes enfants parce qu'ils t'empêchent de penser… Ils ont le droit de jouer… Ils ne comprendraient pas l'incompréhensible : s'empêcher de jouer, de rire, pour que l'adulte puisse penser ! Stop, tu as promis de t'occuper de tes enfants, et c'est ce que tu vas faire… Allez, je lance juste une lessive et je joue, ensuite, avec eux. Je travaillerai sur ma présentation ce soir, pendant qu'ils dormiront. »

Elle laissa donc ses enfants continuer de rire et chahuter à table, tandis qu'elle se dirigeait vers la cuisine pour lancer la lessive. Du bout du couloir, elle entendait les cris d'Emma et de Léo qui résonnaient dans le vieil appartement de soixante-dix mètres carrés, situé en plein centre-ville du « Vieux Puteaux ». Ce logis était petit pour la famille mais il avait le charme de l'ancien avec son parquet ciré, ses boiseries et sa cheminée d'ornement. Il craquait, grinçait, laissait filtrer les bruits de la rue et ceux des voisins bruyants mais Émilie s'en était accoutumée. Elle l'avait confortablement et joliment décoré avec des tapis, des plaids, des poufs et des bougies afin d'y créer une atmosphère apaisante, chaleureuse et douillette dans laquelle elle aimait recevoir ses amies.

Machinalement, elle triait le linge et glissait sa main dans toutes les poches des pantalons pour vérifier qu'aucun objet ne risquait d'endommager la machine à laver. Sa main atterrit sur un papier, dans l'une des poches de son mari. Instinctivement, elle ouvrit le bout de papier plié en deux. Il s'agissait d'un récépissé de carte bancaire. Son œil aperçut « Tabac du Centre » ; son cerveau décela, pendant une microseconde, quelque chose qui ne collait pas, mais il n'y prêta pas plus d'attention, car Émilie n'avait pas le temps. Elle posa le papier sur la machine et se dépêcha de la remplir, d'y ajouter la lessive et de la faire tourner.

Elle rejoignit ensuite ses enfants dans l'une des chambres, où ils se trouvaient à présent, et s'assit en tailleur auprès d'eux. Elle les observa en silence, afin de ne pas les distraire. Elle ne voulait pas les interrompre et leur imposer un jeu qui lui aurait fait plaisir, à elle. Elle les écouta donc tout simplement et se mêla doucement à leurs rires. Emma dit : « Tiens, Maman, toi tu prends ça et tu fais semblant d'être la cliente. Moi et Léo, on fait la marchande. » Émilie n'avait pas vraiment envie de jouer à ce jeu mais s'exécuta tout de même, pour faire plaisir à ses enfants. Ensuite, ils eurent envie de jouer « aux petites voitures ». Les petites voitures n'enchantaient guère Émilie ; alors elle joua, mais sans être là, complètement là, à cent pour cent. Son esprit s'était encore envolé vers la présentation qui la préoccupait et lui causait une certaine dose de stress, car elle se disait qu'elle ne serait jamais prête pour le lendemain. Elle allait devoir travailler une bonne partie de la nuit et elle savait qu'après la soutenance de sa présentation, elle serait sur les rotules parce qu'elle n'aurait pas bénéficié de son quota d'heures de sommeil.

Mais comment faire autrement puisque son mari, Sébastien, cadre informaticien, était d'astreinte pour son travail ? Il avait encore été appelé d'urgence pour résoudre un problème informatique. Elle se ressaisit et s'intima : « Sois là pour tes enfants ! » Alors, elle s'obligea à chasser ses pensées. Heureusement, Emma n'aimait pas trop « les petites voitures » et décida de jouer au Uno, ce qui enchanta Émilie. Après trois parties de cartes endiablées et leur lot de hurlements de contestation à chaque carte pénalisante jetée, arriva le temps de déjeuner. Émilie qui, la veille, avait passé la plus grande partie de sa journée à récurer, passer l'aspirateur, nettoyer les sols, la cuisine, la salle de bains… ne se sentit pas d'attaque pour préparer le repas, mettre la table, débarrasser la table, faire la vaisselle, nettoyer à nouveau la cuisine… Alors, elle décida d'emmener ses enfants au restaurant.

Émilie avait bénéficié, par le passé, des prestations d'une aide-ménagère consciencieuse, mais depuis que cette dernière avait démissionné, elle n'avait retrouvé personne lui donnant satisfaction. Aucune des nouvelles aide-ménagères qui avaient défilé à son appartement n'avait su faire preuve d'implication. L'une avait cramé tous ses vêtements en les repassant, l'autre lui avait rayé tous ses meubles en faisant la poussière et la dernière, lavait les sols sans avoir préalablement pris soin de les aspirer. A son grand dam, Émilie avait dû rajouter les tâches domestiques à son emploi du temps déjà bien chargé.

Émilie adorait manger au restaurant, car elle pouvait se régaler tout en se reposant. Elle laissa ses enfants se mettre d'accord sur le choix du lieu. Ils décidèrent de se rendre chez *Victor* ; ils adoraient le rosbif-purée servi à volonté, dans ce restaurant au cadre agréable, qui leur faisait penser à une sorte de serre tropicale. Alors, ils se rendirent chez *Victor* pour déjeuner en terrasse et profiter des premiers rayons de soleil du mois de mai. Émilie s'affala sur sa chaise, fatiguée, et délassa ses jambes lourdes sous la table pendant que ses enfants partaient caresser « le chat du restaurant ». Non, elle ne pouvait pas se plaindre d'avoir les moyens d'offrir aussi souvent, à sa famille et à elle-même, des sorties au restaurant.

Elle profita de ce moment bien agréable et ferma les yeux pour mieux ressentir les rayons du soleil sur sa peau. Un immense bien-être l'envahit, mais malheureusement, de très courte durée : déjà les bambins l'avaient rejointe pour s'attabler. Émilie rouvrit les yeux, posa sur ses enfants un regard de tendresse et leur sourit. Le serveur vint prendre la commande des apéritifs. Léo et Emma choisirent un jus d'orange et Émilie s'octroya le droit de prendre un verre de vin malgré le régime qu'elle devait faire. Le régime qu'elle devait faire… mais qu'elle ne commençait jamais. Émilie était en léger surpoids. Elle ne pensait pas avoir besoin de suivre un réel régime, mais plutôt de faire attention en buvant de l'eau et en évitant les desserts. Elle pensait cela, effectivement… mais ne le faisait jamais ! C'était sa récompense à elle : s'octroyer un petit verre et un petit dessert, de temps en temps.

Le repas fut très agréable, un moment de détente et de complicité avec ses enfants où Émilie put leur poser des questions, prendre le temps d'écouter les réponses, et ainsi en apprendre davantage sur eux et sur ce qui se passait à l'école.

Repus, ils marchèrent lentement sur le chemin du retour à l'appartement. Le trio avait décidé de préparer un sac à dos afin de passer l'après-midi au jardin de Bagatelle. Émilie aurait préféré travailler sur sa présentation pour être ainsi libérée de son stress et bénéficier, pendant la nuit, de son quota d'heures de sommeil. Mais comment pouvait-elle imposer à ses enfants de jouer en silence dans leur chambre alors qu'il faisait si beau dehors ? Non, tout son cœur de maman lui disait que c'était impossible ! Elle irait donc au parc pour leur faire plaisir. Elle n'avait pas d'autre choix puisqu'il n'y avait personne pour la seconder : son mari était encore d'astreinte et sa belle-mère répugnait à l'idée de donner de son temps à ses petits-enfants. Son beau-père, lui, s'en était allé trop tôt. Comme le disait son chanteur préféré, du « doux » ou du « sévère », le « doux » avait, hélas, tiré sa révérence avant même de prendre une ride. Il semblait à Émilie que les meilleurs partaient toujours trop tôt tandis que la mauvaise herbe s'enracinait à la vie.

Quand elle était entrée dans la famille de son futur mari et que la mère de ce dernier, Chantal, l'avait considérée comme un chien galeux à abattre, Émilie avait bien compris que sa future belle-mère ne l'aimait pas, mais pour une raison qui lui était inconnue. Au travers des années, Émilie avait compris qu'elle n'y était pour rien. Elle avait remarqué, avec son regard extérieur, comment Chantal se comportait avec Sébastien, son fils aîné. Elle le malmenait. Elle était sans cesse contre lui, constamment dans l'opposition et la contradiction. C'était, la plupart du temps, insidieux et Sébastien ne semblait même pas s'apercevoir de la situation puisque c'était ce qu'il avait toujours vécu : des relations conflictuelles avec sa mère. De son côté, Émilie se rendait compte, lors des déjeuners ou dîners familiaux, que Chantal n'avait pas du tout la même attitude envers Jérôme, le frère de Sébastien. Pour Jérôme, le petit dernier, tout était toujours plus facile ; jamais Chantal ne s'opposait à lui, jamais elle ne lui adressait un mot blessant ou une réflexion déplacée, alors que c'était le lot quotidien de Sébastien et d'Émilie. Pour Jérôme et sa compagne, Vanessa, c'était toujours « oui » ; pour Sébastien et sa femme, c'était toujours « non ».

Émilie avait remarqué cela mais n'avait jamais osé en parler à son mari, de peur de lui faire de la peine. S'il ne s'était pas rendu compte de cet état de fait, alors il valait mieux ne rien lui dire et souffrir les réflexions de la belle-doche, déplacées mais subtilement placées, dès lors qu'il n'y avait pas le moindre témoin dans les parages. Puisque Sébastien arrivait à supporter cela, Émilie pouvait bien réussir à l'endurer, elle aussi, sans trahir un secret de famille. En effet, lors d'un déjeuner familial, elle apprit que sa belle-mère avait dû abandonner ses études pour s'occuper de Sébastien qui avait poussé dans son ventre, mais la belle-doche avait assuré, haut et fort, que Sébastien était désiré : sa grossesse était prévue et désirée ! Émilie n'en crut pas un mot et comprit, à cet instant-là, l'attitude de Chantal à l'égard de son fils aîné. Ainsi, consciemment ou inconsciemment, elle lui faisait payer cet imprévu, jour après jour.

Mais ce ne fut véritablement qu'à la naissance de Léo, l'aîné de ses deux enfants, que l'entière vérité éclata aux yeux d'Émilie lorsque Chantal s'employait systématiquement à manifester un royal désintérêt à l'égard de son petit-fils, rechignait à lui trouver la moindre qualité et refusait de le garder en arguant qu'elle n'était pas « garde-chiourme ». Émilie n'avait jamais compris cette expression mais n'avait jamais trouvé le courage d'en rechercher la signification. Elle pensait que c'était encore une méchanceté qui l'aurait anéantie, alors elle s'était gardée d'en chercher le sens. Et c'est là qu'elle comprit enfin que ce n'était pas de sa faute si Chantal ne l'aimait pas et passait son temps à la dénigrer subrepticement, en racontant les pires choses infondées à son sujet. La vérité, qui éclata en plein visage d'Émilie, tout à coup, c'est que Chantal n'aimait pas son fils, donc n'aimait pas sa belle-fille, donc n'aimait pas son petit-fils. Et elle, Émilie, ne pouvait malheureusement rien changer à tout cela.

C'est à partir de ce moment-là qu'elle décida de mettre de la distance dans ses relations avec sa belle-mère, afin de mieux se préserver. Elle n'empêchait en rien Sébastien de continuer à rendre visite à Chantal s'il en manifestait l'envie mais Émilie, quant-à-elle, s'arrangeait pour ne plus être disponible lors des rencontres familiales qui lui faisaient plus de mal que de bien.

Arrivés à l'appartement, les enfants filèrent dans leur chambre tandis qu'Émilie entreprenait de rassembler le nécessaire pour le sac à dos. En passant, elle jeta un rapide coup d'œil à son reflet dans le grand miroir accroché au mur de l'entrée. Malgré la fatigue qu'elle ressentait, elle était heureuse de constater que cela n'altérait pas ses traits. Aucune ride ne venait ternir son doux et harmonieux visage. Le stress, les soucis et la fatigue n'avaient creusé aucun sillon sur sa peau blanche et lisse. Émilie s'en félicitait. Elle avait hérité des bons gènes de sa grand-mère paternelle. Celle-ci avait gardé un teint frais et radieux jusqu'à la soixantaine. Personne dans son entourage familial ne pouvait se douter combien Émilie se sentait éreintée. D'autant qu'elle s'efforçait continuellement d'afficher un visage souriant et accueillant. A l'image de ce qu'elle pensait devoir transmettre, son apparence était soignée. Elle mettait un point d'honneur à être, en toutes circonstances, apprêtée. Elle apportait autant de soin à sa tenue vestimentaire qu'à son maquillage. Ses cheveux blonds étaient toujours impeccablement lissés, ses paupières fardées, les cils de ses yeux bleus délicatement peignés, ses ongles parfaitement manucurés. Elle s'habillait élégamment ; en tailleur lorsqu'elle se rendait au travail ; en jean et chemisier, le week-end. Éternellement perchée sur ses hauts talons, Émilie avait fière allure. Elle détonnait d'ailleurs dans l'usine de recyclage de caoutchouc à laquelle elle était affectée. Mais les ouvriers, loin de la rejeter en raison de son style en décalage avec le milieu dans lequel elle évoluait ; au contraire, l'appréciaient. Sa sophistication et son parfum qu'elle répandait à son passage les avaient d'abord conquis. Puis son attitude quotidiennement bienveillante avait forgé le respect que ses collaborateurs lui témoignaient. A l'usine, personne non plus, ne pouvait savoir combien elle se sentait épuisée tant sa personnalité était constamment agréable et avenante. Elle avait réussi à se faire accepter et à s'imposer dans ce monde masculin et malgré son travail de Responsable des Ressources Humaines qui devait, sans cesse, faire rappeler et respecter les contraintes réglementaires.

Émilie avait, sous son aile, deux collaboratrices. C'est elle qui les avait recrutées, formées, accompagnées. Elle se rendait disponible pour les aider, les encourager, les re-motiver malgré sa charge de travail. Elle avait demandé du renfort mais la Direction en avait décidé autrement : il n'était pas question d'investir dans les « fonctions support ». Émilie devrait continuer à jongler avec les moyens du bord... Malgré les contraintes, elle s'attachait à manager en évitant de faire retomber son stress et la pression sur son équipe. En cela, son intelligence relationnelle innée et sa bonne humeur naturelle lui étaient d'un grand secours. Émilie était, par ailleurs, habile et pédagogue. Elle avait ce don pour argumenter, concilier, trancher et faire accepter les décisions avec fermeté et délicatesse, à la fois. Sans doute parce qu'Émilie aimait convaincre mais que, par-dessus tout, elle comprenait et respectait ses semblables.

Elle se dirigeait vers la cuisine pour prendre deux petites bouteilles d'eau au réfrigérateur, quand ses yeux tombèrent sur le bout de papier qu'elle avait laissé, quelques heures plus tôt, sur la machine à laver. Elle s'en saisit, le déplia et lut à nouveau : « Tabac du Centre, 75001 Paris ». « C'est drôle, pensa-t-elle, jamais Sébastien ne se rend dans un bureau de tabac : il ne fume pas, il n'achète jamais de revues, de journaux ou de tickets de loterie. Et pourquoi Paris ? » Puisqu'ils habitaient Puteaux et que son mari travaillait à Vélizy-Villacoublay. Intriguée, elle prêta alors attention à la date et l'heure du récépissé de carte bleue et rechercha, sur son calendrier, à quoi cette date pouvait correspondre. Il s'agissait d'un soir où Sébastien était d'astreinte et avait été appelé sur son lieu de travail. Émilie se demanda alors comment son mari avait pu se rendre dans un bureau de tabac en plein centre de Paris, alors qu'il était d'astreinte, cette nuit-là, à Vélizy ? Ce récépissé ne devait pas être à lui, tout simplement. Mais, sceptique, Émilie garda le ticket et l'enfouit dans sa poche de pantalon. « Oublie ça, s'ordonna-t-elle. Tu dois t'occuper de tes enfants, tu verras cela plus tard. » Et, une fois les affaires réunies : eau, goûter, lunettes de soleil, argent et téléphone portable, ils quittèrent tous les trois l'appartement pour prendre la direction du jardin de Bagatelle.

Émilie adorait ce jardin ; elle s'y était rendue des dizaines de fois ! Toujours, elle admirait les cascades, les grottes, les roseraies, la végétation, les animaux, comme si elle les découvrait pour la première fois. C'était un ravissement pour ses yeux, un réconfort pour son cœur, un apaisement de son âme. Elle se sentait bien dans ce jardin et s'y ressourçait. Elle louait la Providence d'avoir un tel endroit à proximité pour se dépayser et espérer y trouver un air meilleur au beau milieu de cette ville qu'elle jugeait trop polluée et bruyante. Les enfants avaient baptisé l'une des grottes artificielles, « la grotte aux loups » et l'autre, « la grotte de l'ogre ». Quand ils atteignirent la « cabane aux gourmandises », Léo s'écria :

– Oh, des poules et des coqs ! Maman, pourquoi ils ont mis aussi des poules et des coqs ? Il n'y avait pas assez de crottes de paons, partout dans le jardin ?

Émilie essaya une réponse :

– Peut-être veulent-ils faire renoncer définitivement les visiteurs à installer leurs serviettes sur les pelouses parmi les déjections de paons, canards, oies, poules et autres coqs !

– De toute façon, moi, je veux plus pique-niquer ici, reprit Léo. Les paons me font peur, ils s'approchent trop près pour piquer mon sandwich !

– Au prix de l'entrée, ils pourraient quand même ramasser les crottes ! intervint Emma.

Émilie ne répondit pas ; ses pensées furent happées par ce malheureux bout de papier. Elle aurait voulu lutter de toutes ses forces pour ne plus y penser, pour l'oublier, pour tout oublier et ne profiter que de l'instant présent : admirer ses enfants en train de jouer, partager un moment de complicité avec eux puis fermer les yeux et se ressourcer sous la chaleur bienfaisante du soleil. Mais la gorge d'Émilie se noua, ses yeux s'embuèrent, ses pensées cavalèrent à la vitesse d'un cheval fou parti au galop. Ses pas la guidèrent machinalement vers l'espace de jeux pour enfants. Elle n'était plus qu'un pantin téléguidé : ses jambes savaient où aller tandis que son cerveau explosait en mille pensées désordonnées. « Ne pas pleurer, s'ordonna-t-elle, ne pas gâcher la journée de mes enfants. » Les jambes d'Émilie la dirigèrent vers un banc où elle s'assit mécaniquement. Ses yeux regardèrent en direction des enfants, parce qu'ils savaient qu'il fallait surveiller les enfants, mais ses pensées divaguèrent : récépissé... tabac... Paris... absences répétées... Sébastien distant... sur son téléphone continuellement... excuses pour s'absenter... regard fuyant... il ne me regarde plus dans les yeux... Depuis combien de temps ne me regarde-t-il plus dans les yeux lorsque je lui parle ? Oui, il n'était pas comme ça, avant. Oui, il était davantage présent, il n'y avait encore pas si longtemps. Émilie avait été tellement accaparée par son travail et les tâches quotidiennes qu'il fallait mener tambour battant, qu'elle ne s'était pas aperçue de ce qui se déroulait juste sous ses yeux.

« Il me trompe, se dit-elle, il me trompe. » Elle savait que les hommes pouvaient faire ce genre de choses, mais c'était une réalité abstraite. Elle pensait que cela ne lui arriverait pas, pas à elle. Les malheurs, c'est pour les autres. « Les hommes trompent les femmes qui ne les méritent pas. Mais pas moi ! Qu'est-ce que j'ai fait ? Qu'ai-je à me reprocher ?... Ne pas pleurer, ne pas m'emporter, ne pas hurler, ne pas céder à des conclusions hâtives... Mener l'enquête. Si je lui pose directement la question, il mentira. C'est bien connu, tous les hommes mentent, me dirait Anne-Laure. Ne rien dire, me taire, mener l'enquête. »

Elle extirpa son téléphone portable de son sac et composa le numéro de sa meilleure amie. Heureusement, celle-ci décrocha immédiatement :

– Salut, ma biche ! Comment ça va ? demanda Anne-Laure, sur le ton d'une légère gaieté qui lui était habituel.

– Mal. Je crois bien que Sébastien me trompe, confessa Émilie sans détour.

– Bah, si tu le penses, c'est que c'est fort probable, alors !

– Pourquoi tu dis ça ?

– Parce que tous les hommes trompent leurs femmes ! C'est comme ça, c'est des salauds ! Faut pas leur faire confiance. C'est dans leur nature, dans leurs gènes de gros vicieux pervers !

« Zut, se dit Émilie, j'aurais mieux fait d'appeler Sophie. Elle aurait été plus prudente, plus mesurée, plus rassurante. »

– Tu me conseilles quoi, alors ? s'enquit fébrilement Émilie.

– Quitte-le ! répondit Anne-Laure, sans ménagement.

– Arrête ! sans déconner ! Non, je n'en suis pas sûre, je n'ai que des soupçons pour l'instant… mais tout concorde, hélas.

– Ouais, de gros soupçons, quoi ! Moi, j'appelle ça des preuves…

– Je voudrais mener l'enquête discrètement, ne pas l'accuser à tort. Comment je pourrais faire ?

– C'est simple ! Pique-lui son portable cette nuit et regarde ses textos.

– Et après ?

– Et après, tu m'appelles !

– OK, répondit Émilie. J'espère que je me trompe…

Anne-Laure aurait voulu faire un jeu de mots sur cette dernière phrase de son amie, mais elle s'abstint. Elle pensa que ce n'était sans doute pas le moment de faire de l'humour. En effet, Anne-Laure aimait beaucoup plaisanter et était une personne plutôt directe dans ses propos mais elle savait se retenir, quand la situation l'exigeait, pour éviter de blesser ses copines. Alors, elle opta, à la place, pour :

– Oui, une chance sur deux, comme je dis toujours.

– Et toi, comment ça va, ma poulette ? s'enquit Émilie, pour changer de sujet.

– Ah, eh bien, moi, ça va ! Je suis sur la Côte d'Azur, là, avec des copines.

– Ah, la chance ! Où ? Avec qui ?

– À Saint-Tropez. On fait bronzette avec mes copines du club de danse.

– Profite bien, alors, ma poulette ! Je ne t'embête pas plus longtemps avec mes ennuis. On se revoit quand ?

– Je rentre à la fin de la semaine prochaine.

– OK, profite bien ! Bises.

– Bye !

Elles raccrochèrent. Émilie mit toute son énergie à tenter de s'extirper de ses pensées, se raisonner, se lever du banc et rejoindre sa petite Emma qui l'appelait ; mais elle était comme paralysée. La bouche sourit en direction de la petite fille, le bras se leva pour lui faire un signe de la main. Le cerveau d'Émilie dit « lève-toi » mais son corps n'obéissait plus. Elle restait clouée au banc. Plus de force dans les jambes, plus de force dans le cœur ! Il lui semblait, tout à coup, que toute son énergie avait fui de son corps. Elle se sentit lessivée, faible, froide puis glacée. Emma vint vers sa mère : « Maman ! Je t'appelle depuis tout à l'heure, tu m'as pas entendue ? » Émilie voulait répondre mais aucun son ne sortit de sa bouche. Emma commença à avoir peur et cria : « Maman, qu'est-ce qui se passe ? Tu es toute pâle ! » Le cri d'effroi de sa fille créa l'électrochoc nécessaire pour raviver son cœur de mère.

– Ma chérie, n'aie pas peur. Je vais bien. Excuse-moi, j'étais juste en train de penser à autre chose, c'est tout. Tout va bien mais je me sens, tout à coup, terriblement fatiguée.

– Tu veux rentrer, Maman ? proposa Emma.

– Non, ma puce, restons ! Amuse-toi… mais je suis désolée, je n'ai plus de force pour venir jouer avec toi.

D'ordinaire, Emma aurait insisté, comme tous les enfants du monde, mais à cet instant, elle sentait que sa mère n'allait vraiment pas bien et, sagement, elle la laissa se reposer. Ainsi, l'après-midi passa. Les enfants jouèrent tandis qu'Émilie restait sur le banc, inerte, comme un pâle fantôme. Vers dix-sept heures, Léo demanda à sa mère de rentrer à la maison. Les enfants parlèrent sur le chemin du retour mais Émilie n'écoutait pas ce qu'ils se racontaient. Elle n'entendait que ses pensées contradictoires qui lui disaient tantôt « il te trompe » tantôt « tu te trompes ».

Quand Sébastien franchit le pas de la porte, en début de soirée, toute sa petite famille était là : Léo dans son bain, Emma dans sa chambre et Émilie, en cuisine, préparant le repas du soir. Elle avait repris des forces en buvant, cul sec, un petit verre de vodka, puis un deuxième. Lorsque son mari passa la porte de la cuisine et lui lança, sans même la regarder : « Salut mon cœur, ça va ? », Émilie eut envie de prendre sa plus grosse poêle et de lui en assener un grand coup derrière la tête. « Chasser cette pensée obscure, s'ordonna-t-elle, faire comme si tout était normal, mener l'enquête. » Elle plaqua son plus grand sourire forcé sur son visage et répondit : « Ça va, mon cœur », tout en pensant en son for intérieur : « Ça va, gros con ! » Quand Léo sortit de la salle de bains, la quiche d'Émilie était prête.

– À table ! hurla-t-elle, à travers l'appartement.

– Dis donc, on mange tôt aujourd'hui ! remarqua Sébastien.

– Oui ! j'ai hyper faim et je suis très fatiguée. J'aimerais bien me coucher tôt, ce soir.

La présentation que devait faire Émilie n'avait, tout à coup, plus la moindre importance. Elle était tellement obnubilée et tracassée par cette hypothétique histoire de trahison qu'elle devait absolument la tirer au clair le plus rapidement possible, afin de pouvoir passer à autre chose.

Attablés, les enfants racontaient leur journée, quand Émilie les interrompit :

– Et toi, mon chéri, comment s'est passée ta journée ?

Sébastien, le nez dans son assiette, répondit à sa femme sans lever les yeux :

– Oh, tu sais, la routine, rien d'extraordinaire.

– Oooh ! dis-nous en un peu plus, quand même ! Les enfants aimeraient bien comprendre ton travail et savoir ce que tu fais de tes journées.

– C'est trop compliqué à comprendre pour des enfants, rétorqua promptement Sébastien qui voulait éluder le sujet.

– Si, si ! explique, papa, explique-nous ! cria Léo.

– Eh bien, je m'occupe de la sécurité des systèmes informatiques.

– Ça veut dire quoi ? interrogea Emma.

– Tu vois, lança Sébastien en direction de sa femme, toujours sans la regarder, les enfants n'y comprennent rien !

– Eh bien, raconte-nous le reste, alors : tes collègues, les histoires de bureau, ce que tu as mangé à midi, qui couche avec qui … ?

Sébastien faillit s'étouffer en avalant un bout de quiche de travers. Il se sentit tout à coup devenir blême puis se ressaisit.

– Ce midi, j'ai mangé un sandwich, articula-t-il en tentant de maîtriser sa voix.

– Avec qui ?

– Avec un collègue.

– Comment il s'appelle ?

– Tu ne le connais pas.

– Raconte-nous, quand même ! insista Émilie, irritée.

– Il s'appelle Grégory.

– Ah oui ? Il est sympa ?

– Très !

– Ah ! s'il est sympa, il faudra que tu me le présentes ! Invite-le à venir boire un verre à l'appartement, un de ces soirs.

Sébastien se sentait de plus en plus mal à l'aise et se dépêcha de changer de sujet de conversation.

– Mais, j'y pense tout à coup, on n'a encore rien réservé pour les vacances d'été et on est déjà au mois de mai ! Où voulez-vous partir en vacances, cette année ? lança-t-il en direction des enfants.

Ce fut, à cet instant, une cacophonie de réponses qui fusèrent à travers la pièce. « Bien joué ! » pensa Émilie, malgré elle.

Elle servit les desserts sur la table et se hâta, pendant ce temps-là, de débarrasser, ranger et faire la vaisselle. Elle prépara ensuite une infusion et versa un somnifère dans l'un des deux mugs. Émilie ne prenait plus de somnifère depuis longtemps, mais cela l'avait aidée, à un moment de sa vie, lorsqu'elle avait perdu ses parents. En rentrant du parc, elle était allée vérifier s'il lui restait un flacon dans l'armoire à pharmacie. Et bingo ! il lui restait bien un tube, mais périmé. Elle avait, alors, rappelé son amie pour quelques conseils :

– C'est périmé, tu crois que je lui en donne ?

– Mais oui ! avait affirmé Anne-Laure. Au pire, ça ne lui fera pas d'effet ; au mieux, il dormira comme un gros cochon. T'inquiète, ça lui fera pas de mal !

– Tu es sûre ?

– Oui, mais à la réflexion, mets-lui deux cachets, ce sera mieux !

Émilie s'était rangée à l'avis de son amie mais, par prudence, n'avait jeté qu'un comprimé dans l'eau bouillante. Elle vint rejoindre son mari au salon avec les deux tasses et lui dit :

– Tiens, une petite infusion !

– Je ne prends jamais d'infusion, rétorqua-t-il, le sourcil interrogateur.

– Je sais, mais là, c'est une copine qui me l'a conseillée. C'est tout nouveau, c'est super ! Ça fait maigrir et c'est hyper efficace. Ma copine, Anne-Laure, a déjà perdu cinq kilos en une semaine, tu te rends compte ?

– Nooooon ! fit Sébastien, étonné.

– Je te jure, c'est hyper efficace. Tiens ! répéta-t-elle, en lui tendant le mug d'autorité.

Sébastien, qui avait pris ces derniers temps de l'embonpoint, pensa que c'était finalement une bonne idée et saisit la tasse que sa femme lui tendait. Émilie, qui ne voulait rien partager de plus avec son mari, tourna les talons tout en l'informant : « Je vais coucher les enfants. » Ce dernier, les yeux rivés sur la télévision, ne lui répondit pas. Ce soir-là, Émilie passa beaucoup plus de temps avec ses enfants que d'ordinaire : une histoire et des câlins pour Emma, puis une histoire et des câlins pour Léo. Elle éteignit leur lumière et leur souhaita « bonne nuit », puis se rendit au salon pour vérifier que Sébastien avait bien bu son infusion. Parfait ! il l'avait presque terminée. Elle attrapa un livre sur une étagère pour justifier de sa venue et repartit aussitôt. Sébastien ne s'était même pas aperçu de la présence de sa femme.

Émilie patienta une heure dans sa chambre, tentant de se concentrer sur un reportage sans y parvenir vraiment. Dès que l'heure se fut écoulée, elle se dirigea, à pas de loup, vers le salon. « Bingo ! il s'est endormi », observa-t-elle. Elle lui déroba son téléphone portable, se réfugia dans les toilettes et s'enferma à clef. Elle parcourut l'ensemble des textos et en trouva quelques-uns d'une fille qu'elle ne connaissait pas. Émilie faillit défaillir. Les messages disaient : « Bébé, tu me manques, quand est-ce qu'on se voit ? », « Bébé, je t'aime, je pense à toi ». Puis elle tomba sur un dernier texto qui finit de l'achever : c'était une photo de la fille en sous-vêtements avec pour sous-titre : « Viens vite, je t'attends… »

Émilie s'effondra dans les toilettes. Elle tentait d'étouffer ses pleurs dans ses mains pour ne pas réveiller ses enfants. Après de longues minutes à pleurer toutes les larmes de son corps, recroquevillée dans un coin, elle parvint enfin à se lever. Elle n'avait plus de force ; même plus la force de faire une scène.

L'idée, cependant, de s'emparer d'un vase et de le fracasser sur le crâne de Sébastien pendant qu'il dormait au salon lui traversa l'esprit, mais cette idée repartit aussitôt. Malgré toute la haine que lui inspirait son mari, à ce moment-là, la raison la retint de commettre l'irréparable. À la place, elle prit son téléphone et, comme convenu, appela sa meilleure amie. Anne-Laure répondit immédiatement :

– Alors, ma Choute, ça a fonctionné ?

– Oui… et c'est confirmé… il me trompe.

– Ah, l'enfoiré ! Bien tous les mêmes, ces salopards ! Est-ce que ça va ? Tu tiens le coup ? Dommage que je ne sois pas là, je serais venue te chercher. Écoute, fais une petite valise et barre-toi ! T'es en état de conduire ?

– Non, je n'ai pas le courage. Je n'y comprends rien ! Mais qu'est-ce que j'ai fait ? Qu'est-ce que je n'ai pas fait ? Je n'ai jamais eu la sensation d'être une mauvaise épouse et, d'ailleurs, il ne m'a jamais fait aucun reproche. Je me démène, je gère tout, presque toute seule ! Jamais il ne m'a dit qu'il était malheureux, qu'il lui manquait quelque chose…

Anne-Laure l'interrompit :

– Écoute, t'y peux rien ! C'est comme ça, les hommes, ils pensent d'abord à leur gueule, à leur bonheur à eux, et tant pis pour les autres ! Ils ne pensent pas plus loin que le bout de leur nez. Tiens, t'as qu'à voir, il est tellement con qu'il n'a même pas pensé à mettre un code de sécurité sur son portable ! Et pour un informaticien qui bosse dans une telle grande société ! Faut vraiment être con !

Émilie ne répondit rien. Elle était désemparée parce qu'elle ne comprenait pas.

– Comment elle s'appelle, la fille ? voulut savoir Anne-Laure.

– Aurélie Richard.

Anne-Laure se connecta à son application Facebook sur son smartphone.

– Je l'ai trouvée ! Oh, la salope, elle est en couple, elle aussi ! avec un certain Laurent L. Tu sais ce que je vais faire ?

– Non, répliqua Émilie, hébétée.

– Je vais envoyer un message à ce Laurent pour l'informer que sa copine le trompe avec ton mari. T'es d'accord ou pas ?

Émilie ne pouvait plus réfléchir aux conséquences de quoi que ce soit. Lassée, elle lâcha d'une voix morne :

– Vas-y ! Fais ce que tu veux, je m'en fous maintenant ! Tout m'est égal !

– OK, reste en ligne, je rédige mon message en live.

Et, après un court instant, Anne-Laure reprit :

– Ça y est, c'est envoyé !

– Après réflexion, tu as raison. Il vaut mieux que je parte. Je fais une valise et je me casse. Je ne peux plus l'encadrer et je risquerais de faire une bêtise. Et surtout, je n'ai pas envie qu'on se déchire devant les enfants.

– T'es sûre que t'es en état de conduire ?

– Non, je ne me sens pas bien, je vais prendre un taxi. Je reviendrai plus tard prendre ma voiture. Je peux m'installer chez toi ?

– Oui, bien sûr, c'est ce que j'allais te proposer. Prends ta clef de chez moi et fais comme chez toi. Moi, je vais voir si je peux avancer mon vol de retour.

– Non ! protesta Émilie, ne gâche pas tes vacances pour moi !

– Tu rigoles ou quoi ? Je ne vais pas laisser ma meilleure amie en plan quand elle a le plus besoin de moi ! De toute façon, il a gâché mes vacances, ton enfoiré de mari !

Bien-sûr, Anne-Laure ne parlait jamais comme cela, d'habitude, du mari d'Émilie ; mais là, elle se l'autorisait et ça lui faisait du bien. Elle reprit :

– Allez, sois prudente. Prends juste une toute petite valise et déguerpis vite fait. De toute façon, si tu oublies quelque chose, tu trouveras tout ce dont tu as besoin chez moi. On ira chercher le reste de tes affaires ensemble, si tu veux.

– Oui, je m'en vais avant de faire un malheur. Allez, je vais faire ma valise. Bises.

– Bon courage, ma biche. Envoie-moi un texto quand tu es arrivée.

– Bye.

Émilie raccrocha et se dépêcha de rassembler quelques affaires. Elle lança un regard à ses enfants à travers l'encadrement de leur porte et partit, aussi vite que possible, de l'appartement. Elle attendit dans le noir et dans le froid son taxi, puis s'effondra en larmes dans le lit d'Anne-Laure quand elle fut arrivée. Elle parvint à dormir, cette nuit-là, par intermittence. Dans son désarroi, elle avait oublié de mettre son réveil à sonner pour le lendemain matin ; c'est la sonnerie de son téléphone qui l'extirpa de son sommeil. C'était son mari, elle l'envoya sur répondeur. Sébastien laissa un message paniqué : « Mais Émilie, où es-tu ? Tu n'as pas emmené les enfants à l'école, ce matin ! L'heure est passée, je vais être obligé de les garder toute la journée. Appelle-moi, je m'inquiète ! »

Émilie écouta le message et lança à haute voix : « Bien fait ! » Elle commença par rédiger un texto à l'attention de son manager, Ronan, le Directeur des Ressources Humaines multi-sites qui naviguait entre les quatre usines du groupe : « Bonjour Ronan, je suis souffrante. Je ne vais pas pouvoir venir au travail aujourd'hui, je te tiens au courant rapidement. Émilie. » Elle se rendit, ensuite, à la cuisine pour se préparer un copieux petit déjeuner. Émilie avait envie de savourer un vrai petit déjeuner car, d'ordinaire, avant de partir au travail, elle avalait, sur le pouce, un grand bol de café et deux biscottes en cinq minutes chrono. Ce n'était pas suffisant mais c'était uniquement ce qu'elle avait le temps de s'octroyer avant la course folle du matin : lever les enfants, préparer leur petit déjeuner, filer à la douche, se maquiller, choisir une robe, trouver des collants non filés, aider Emma qui ne trouvait pas ses chaussettes ou enfilait des pulls d'hiver en plein été, déposer chacun à l'école et prendre enfin la route du travail, pour arriver à neuf heures tapantes. Elle trouva dans la cuisine d'Anne-Laure, du beurre et des confitures, de la compote de pommes, des biscottes, des yaourts et du jus de fruits. Elle disposa le tout sur un plateau et s'installa au salon. Elle alluma la télévision et écouta distraitement les informations tout en se régalant. Bizarrement, elle avait de l'appétit. En plein milieu d'une bouchée de compote, son téléphone retentit : c'était Sophie, l'autre de ses deux meilleures amies. Quand Sophie avait besoin de joindre Émilie, elle la contactait en semaine avant neuf heures, car elle savait qu'à cette heure-là, son amie se trouvait sur la route du travail et que c'était bien le seul créneau horaire auquel elle parvenait à la joindre facilement. Émilie décrocha :

– Salut, dit-elle, mollement.

– T'as une petite voix ! T'as encore travaillé, cette nuit, sur une présentation ?

– Non, je n'ai pas beaucoup dormi, mais pas à cause du travail, cette fois.

– À cause de quoi, ma belle ?

– À cause de Sébastien, souffla-t-elle d'une voix fatiguée.

– Qu'est-ce qui s'est passé ?

Émilie rassembla ses forces et livra à son amie :

– J'ai découvert qu'il me trompe.

– Oh… je suis désolée, compatit Sophie. Mais tu es sûre ?

– Oui, malheureusement. J'ai tout découvert.

Et elle lui décrivit comment elle s'était rendu compte de l'infidélité de son mari ; elle lui révéla le nom de la fille et même le contenu des textos.

– Je suis tellement triste et en colère à la fois. J'ai tout fait, j'ai bossé comme une malade, je me suis occupée des corvées et des enfants. J'ai tout mené de front sans jamais me plaindre, et lui… c'est comme ça qu'il me remercie ? Je ne comprends pas… on ne s'engueulait jamais. Jamais il ne m'a fait un reproche ou fait comprendre qu'il lui manquait quelque chose… C'est sûr qu'on n'avait plus vraiment le temps de partager des choses, rien que tous les deux, mais on arrivait quand même à se retrouver sous la couette. Et en plus, il ne m'a jamais dit que c'était nul au lit. Tu crois qu'il pense que je suis nulle au lit ?

– Écoute, tu n'as vraiment rien à te reprocher, Mimie. Vous n'aviez plus trop de temps pour vous deux, tout simplement. La routine, ça use un couple et vous, en plus, vous n'avez personne pour vous aider, avec ta maudite belle-mère ! Même pas capable de vous prendre les enfants un week-end pour que vous puissiez vous retrouver un peu tous les deux ! Vous n'avez jamais le temps de vous évader, de faire autre chose que des corvées.

– Je suis fatiguée, tellement fatiguée…

– Et tu es partie au boulot, dans cet état ?

– Ah non ! Là, plus de force, plus possible ! Je suis abattue. Je suis dans un état de fatigue que tu ne peux même pas imaginer.

– Alors, repose-toi. Et tu en as parlé avec Sébastien ? Qu'est-ce qu'il t'a balancé comme excuses ?

– Non, j'ai appris tout cela hier soir. J'ai pris une valise et je suis partie.

– Et, t'es où alors ?

– Chez Lolo.

– Tu n'as pas dit à Sébastien que tu savais ?

– Non.

– Il faut que tu lui parles.

– Je sais, mais si je lui parle maintenant, je n'aurais que des insultes à lui dire.

– Je peux faire quelque chose pour t'aider ?

– Je ne vois pas comment tu pourrais m'aider, mais je vais avoir besoin de tout ton soutien moral. Est-ce que je peux compter sur toi ?

– Oui, bien sûr !

– Ce ne sont pas que des mots, Sophie, je te jure, j'ai vraiment besoin de pouvoir compter sur mes amies. Tu seras vraiment là pour moi ?

– Oui, je te le jure.

– Et toi, tu voulais me parler de quoi ? s'enquit Émilie, se remémorant soudain que c'était Sophie qui était à l'origine de l'appel.

– Te dire que j'en suis presque au même point que toi.

– Nicolas te trompe ?

– Non… Enfin, je ne crois pas ! Mais, je te raconterai tout ça plus tard, c'est pas le moment de te saper le moral plus que ça.

– Dis-moi ! insista Émilie.

– Non, rien d'important. Ne t'inquiète pas, ça peut attendre.

– OK, je vais me reposer alors, on se reparle plus tard.

– OK. Je vais m'occuper de la petite, elle me réclame.

– Bises.

– Bisous, courage ma belle, appelle-moi quand tu veux.

Émilie raccrocha, éteignit la télévision, s'allongea sur le canapé et, les yeux rivés au plafond, son esprit divagua. Elle se faisait des reproches… elle n'avait rien vu, rien vu venir. Oui, elle aurait dû savoir que cela allait arriver ; oui, elle aurait dû lever le pied sur le travail ; oui, elle aurait dû octroyer plus de temps à son couple, trouver des solutions pour faire garder les enfants et partir en week-end avec son mari ; oui, elle aurait dû… Un coup de sonnette la fit tressaillir. Émilie se dirigea vers le vestibule pour ouvrir et découvrit Anne-Laure sur le seuil.

– Excuse, je te réveille ? Tu avais laissé les clefs derrière la porte.

– Oh, ma poulette, tu es là ! Merci d'être rentrée si tôt !

Émilie embrassa son amie et pleura. Anne-Laure n'osa plus bouger, immobilisée sur le seuil, son amie dans les bras. Puis, au bout de quelques minutes, Anne-Laure lui chuchota à l'oreille :

– Viens, on rentre.

– Je suis désolée d'avoir bousillé tes vacances.

– T'inquiète ! comme je te l'ai dit, c'est ton mari qui a bousillé mes vacances, pas toi.

– Oh, tu sais, j'ai réfléchi. Ce n'est pas de sa faute, c'est vrai, j'aurais dû trouver plus de temps pour mon couple.

Anne-Laure faillit s'étrangler en avalant sa salive et hurla de colère :

– Mais, c'est pas vrai ! tu déconnes ! Et lui, ce gros con, il a essayé de proposer des choses ? de trouver des solutions ? de te proposer des petits week-ends en amoureux ? de dresser une belle table pour un dîner romantique quand les enfants sont couchés ? Ou que sais-je, moi ? N'importe quoi d'autre !

– Oui, c'est vrai tu as raison… mais je me disais juste que, maintenant, ça me paraît logique qu'on en soit arrivé là.

Le téléphone d'Émilie se mit à sonner. C'était encore Sébastien. Émilie le renvoya à nouveau sur messagerie. Quand elle écouta le message, elle entendit une voix plus que déroutée : « Mais t'es où, Émilie ??? Appelle-moi ! Je m'inquiète !!! Qu'est-ce qui t'est arrivé ? Si j'ai pas de nouvelles avant midi, j'appelle la police pour signaler ta disparition. Appelle-moi, vite. »

– Il a vraiment l'air très inquiet, observa Anne-Laure. Tu devrais le rappeler.

– Oui, c'est sûr, je n'ai pas envie de retrouver ma tête aux informations ! Mais pas tout de suite. Je veux juste comprendre et, pour ça, il ne faut pas que je sois énervée. Pour l'instant, ce n'est pas le bon moment pour moi. Je vais me doucher, je verrai plus tard.

– Vas-y ! Pendant ce temps-là, je prends mon petit déjeuner parce que le p'tit déj' de l'avion, non seulement c'est dégueulasse mais, en plus, tu te bouffes les doigts !

Émilie aurait voulu se délasser sous une longue douche bien chaude mais mille pensées contradictoires l'assaillaient. Elle se sentait perdue. Alors, elle mit la musique, poussa le volume à fond et chanta à tue-tête pour tenter de mettre un terme à ce bourdonnement inextinguible qui allait la rendre complètement folle s'il persistait trop longtemps. L'eau brûlante coulait sur sa peau blanche pour tenter de détourner ses pensées vers une autre douleur.

– Qu'est-ce qu'on fait, maintenant ? demanda Émilie, en sortant de la douche, rouge comme un homard.

– Je t'emmène chez le docteur. Il te faut un certificat médical, sinon… tu vas te faire virer !

Dans la salle d'attente du médecin, Anne-Laure entreprit de mettre à jour ses connaissances sur les « people ». Elle feuilletait, une à une, les revues hautement fiables relatant la vie des stars quand elle tomba sur une recette minceur assez facile à réaliser. Elle déchira la page, puis une autre page qui l'intéressait, et puis une troisième… Quand un enfant, soudain, interpella sa mère : « Hein, Maman, elle n'a pas le droit de déchirer les pages des magazines, la dame ? » La mère, gênée, n'osait émettre le moindre commentaire. Anne-Laure répondit à sa place : « Et ça non plus, y a pas le droit ! » Sous les yeux médusés du bambin, elle enfourna finalement toute la revue dans son sac à main. La mère haussa les sourcils de stupéfaction. Anne-Laure lui adressa, en retour, son plus joli sourire, quand Émilie ressortit enfin du cabinet.

– Alors, elle t'a arrêtée combien de temps ? l'interrogea Anne-Laure.

– Un mois !

– Un mois !!!

– Burn-out !

– Eh bien, c'est pas plus mal ! Tu vas pouvoir te retaper et réfléchir à ce que tu veux faire de ton couple.

– J'ai insisté pour qu'elle ne m'arrête qu'une semaine, elle n'a pas voulu. Elle a dit que mon corps a accumulé trop de stress, trop de tensions, trop de fatigue. Elle a dit que j'allais péter un câble si je ne m'arrêtais pas maintenant. Ça ne m'arrange pas du tout, je vais certainement perdre mon boulot…

– T'inquiète ! Un de perdu, dix de retrouvés !

– Ah oui, c'est bien connu, les boulots se cachent sous les paillassons du Pôle Emploi !

– Allez, déstresse ! de toute façon, t'as pas le choix ! Ça te fera le plus grand bien, assura Anne-Laure à son amie tout en l'enlaçant de son bras.

Et bras dessus, bras dessous, elles s'éloignèrent du cabinet médical.

Émilie admirait la façon de vivre d'Anne-Laure. Cette dernière ne se faisait jamais de souci. Elle disait fréquemment : « À quoi ça sert de se faire des ulcères ? » Anne-Laure avait cette faculté d'être optimiste et toujours de bonne humeur. Elle était aussi débrouillarde et autonome et, heureusement, car elle ne voulait pas d'homme dans sa vie (ni d'enfant). Par ailleurs, Anne-Laure ne pensait pas qu'au travail ; bien au contraire, elle ne travaillait que six mois de l'année et partait, les six autres mois, en vacances ou restait chez elle. Avoir un beau parcours professionnel pour flatter son ego, ne faisait pas partie de ses préoccupations. Elle acceptait d'ailleurs n'importe quel petit boulot. Elle avait, ainsi, travaillé dans une centaine d'entreprises différentes et parvenait toujours à s'y faire quelques amis. De ce fait, Anne-Laure connaissait plein de monde et chacun l'appréciait pour sa sympathie, sa simplicité et sa générosité. Anne-Laure ne semblait pas connaître le stress, les contraintes et la mauvaise humeur. Elle vivait au jour le jour et ne perdait jamais de vue le verre à moitié plein. Une fois, Émilie lui avait posé la question suivante : « Est-ce cela, la clef du bonheur, ne pas être carriériste ? » Et Anne-Laure lui avait répondu : « Il y a mille chemins pour être heureux, chacun emprunte celui qui lui convient. » Cela n'avait pas du tout éclairé Émilie, qui n'avait pas vu l'ombre d'un chemin se dessiner devant elle.

De retour à l'appartement d'Anne-Laure, Émilie l'informa qu'il était temps pour elle de joindre son mari avant qu'il ne prévienne toutes les polices de France et de Navarre. Elle se réfugia dans la chambre de son amie et composa le numéro. Sébastien décrocha aussitôt et lâcha dans un souffle de soulagement :

– Enfin ! Mais où es-tu, bordel ? Je me fais un sang d'encre depuis ce matin !

– Je suis partie.

– Où ? Pourquoi ? demandait Sébastien, qui ne comprenait rien.

– J'ai appris que tu me trompes, lâcha Émilie tout de go.

À l'autre bout du fil, c'était le silence total. Émilie se tut également. Elle estimait que ce n'était pas à elle de parler ; elle attendait des explications. Puis Sébastien, finalement las de cette situation difficile dans laquelle il s'était empêtré, ne chercha pas à nier l'évidence et lui avoua sans détour :

– C'est vrai, oui. Je suis désolé, Émilie.

– Pourquoi ? murmura-t-elle d'une voix morne.

Sébastien ne savait pas quoi répondre. Il ne s'attendait pas à cette question. Il aurait plutôt pensé qu'Émilie lui demanderait : avec qui ? Il ne s'était jamais posé la question, lui, du pourquoi.

– Pourquoi ? insista Émilie.

Sébastien réfléchit brièvement et s'employa à répondre le plus honnêtement possible à sa femme car il estima, à cet instant, qu'il lui devait bien, au moins, la vérité sur les causes :

– Parce qu'il n'y a plus cette flamme entre nous. Parce qu'il n'y a plus le désir de plaire à l'autre… les sourires, les éclats de rire, la drague, l'envie de faire plaisir à l'autre…

– Tu n'as plus envie de me faire plaisir ?

– Ce n'est pas ça, Émilie, mais on se connaît par cœur ! Avec… elle, c'est la nouveauté.

– Ça a le mérite d'être franc. C'est tout ce que je voulais savoir.

– Je te demande pardon, Émilie. Quand est-ce que tu rentres ?

– Je ne rentre pas !

– Je t'en supplie…

Émilie ne voulait plus rien entendre et raccrocha. Assise au bord du lit, elle se laissa partir en arrière et sanglota. A l'autre bout du couloir, Anne-Laure entendit son amie pleurer, mais elle ne savait pas quoi faire. Devait-elle la laisser pleurer parce que ça lui ferait du bien ou devait-elle se précipiter pour la consoler ? Elle décida de la laisser un peu seule. Et Émilie pleura longtemps. Ses pleurs évacuèrent la tristesse, la tension accumulée, le stress, la fatigue et de lointains souvenirs refoulés. Puis, quand Anne-Laure n'entendit plus que des hoquets, elle entra dans la chambre, s'assit sur le lit, releva son amie et la serra dans ses bras. Elle la berça doucement, tout en lui chuchotant :

– Ça va aller, ça va aller…

Émilie se ressaisit enfin, et sécha ses larmes. Anne-Laure l'interrogea :

– Alors, qu'est-ce qu'il t'a dit ?

– La vérité : qu'il n'y a plus de flamme entre nous, plus l'envie de plaire à l'autre. Qu'avec l'autre pétasse, c'est nouveau, ils se draguent… et ça lui fait du bien.

– Oui, et puis c'est certainement très excitant d'aller la rejoindre en cachette !

– C'est sûr… Qu'est-ce que je vais faire, maintenant ? se lamenta Émilie, désemparée.

– Profiter de ta meilleure amie, pardi !

Émilie esquissa un sourire triste, elle ne semblait pas convaincue par cette réponse. Anne-Laure reprit :

– Non mais, tu te rends compte que, pour la première fois de ta vie d'adulte, tu as *un mois* pour faire tout ce que tu veux !

– Eh bien… je ne sais pas quoi faire… Travailler et m'occuper des enfants, c'est tout ce que je sais faire.

– Ben, c'est triste ! observa Anne-Laure. Moi, je sais ce que tu vas faire : pendant un mois, tu vas oublier les corvées, le travail et les enfants. Tu ne rentres pas chez toi, tu laisses ton mari tout gérer tout seul, ça lui fera les pieds ! Comme ça, il aura le temps de réfléchir à ses conneries ! Et toi et moi, on part en vacances.

– En vacances ! s'écria Émilie comme si Anne-Laure avait proféré la pire des inepties. Non mais, par « qu'est-ce que je vais faire ? » j'entendais plutôt : « rester avec Sébastien ou le quitter ? »

– Et tu crois que tu vas trouver la solution en cinq minutes ? Mais non ! Il faut que tu guérisses, que tu t'aères l'esprit, que tu prennes du recul, du temps pour toi ! Et, pour guérir, je ne connais rien de mieux que les vacances !

– Je ne peux pas… ils ont besoin de moi au travail. Il faut que je reste joignable par téléphone et sur mon ordi. En plus, j'ai des tonnes de mails à traiter !

– Oui, et puis, après des années de bons et loyaux services, quand il faudra dégraisser, ils ne s'en souviendront plus, de tes heures, de tes efforts, de ton investissement ! Laisse tomber tout ça, pense à toi, pour une fois. Tu dois prendre soin de toi, c'est ta priorité, pour l'instant. Si le médecin t'a arrêtée si longtemps, c'est qu'il y a une bonne raison !

C'était vrai. Il fallait qu'Émilie déconnecte, qu'elle se libère de ses tensions, que son corps se repose pendant que son âme s'apaiserait et que son cœur guérirait.

– OK, dit-elle, mais il faut que tu m'aides à convaincre Sophie. Je sens qu'elle ne va pas bien, non plus. Elle aurait besoin de souffler, elle aussi.

Anne-Laure haussa les sourcils et répliqua, le menton relevé :

– Ça ne va pas être de la tarte, mais je relève le défi !

Ni une ni deux, Anne-Laure s'empara du téléphone d'Émilie et le tendit à son amie. Émilie chercha le numéro de Sophie dans les derniers appels et pressa sur l'entrée correspondante. Celle-ci décrocha, Émilie lui demanda :

– Salut, ma biche, ça va ?

– Oui, si on veut. Et toi ? Comment tu te sens ?

– Bof !

– Tu as parlé avec Sébastien ?

– Oui, c'est fait.

– Qu'est-ce qu'il t'a dit ?

– Je te raconterai tout plus tard mais, d'abord, j'ai trouvé comment tu peux m'aider à aller mieux.

– Ah oui ? Dis-moi !

– J'ai besoin que tu partes en vacances avec moi et Anne-Laure.

Un blanc s'installa à l'autre bout du fil. Sophie ne s'attendait pas à une telle demande. Après un instant, elle reprit le fil de la conversation :

– Bah… c'est compliqué, ce que tu me demandes. Je pars toujours avec Nicolas et les enfants, tu le sais bien.

– Oui, mais pour une fois, tu pars également avec tes copines en vacances, insista Émilie.

– Non, je ne peux pas. Je n'ai pas le droit de laisser Nicolas tout seul avec les enfants sur les bras. Je ne peux pas lui faire ça, il travaille toute l'année, le pauvre !

– Oui, et toi aussi ! Mère au foyer avec trois mioches, c'est pas une sinécure !

– Non, vraiment, je ne peux pas. Il va vraiment mal le prendre.

– Tu ne *peux* pas ou tu ne *veux* pas ? interrogea Émilie sur un ton inquisiteur.

Sophie ne répondit pas car, au fond d'elle-même, elle ne connaissait pas la réponse. L'idée la tentait bien mais elle hésitait entre le plaisir et le devoir. Alors, Émilie enchaîna :

– Toi aussi, tu en as besoin, Sophie, de repos ; de déconnecter, de penser à toi… pour une fois !

– Oui, c'est vrai, tu as raison. Mais ce n'est pas correct vis-à-vis de Nicolas et des enfants, aussi !

– Mais on a toujours dit qu'on partirait ensemble un jour, toutes les trois, et on ne l'a jamais fait ! Maintenant, c'est le moment ou jamais ! C'étaient des paroles en l'air ?

– Non, c'est vrai que ce serait bien, mais…

Émilie lui coupa la parole sans ménagement et d'un ton ferme lui asséna :

– Écoute, Sophie. Tu m'as demandé ce que tu pouvais faire pour moi ; je te réponds et tu me dis « non ». C'est ça, ta conception de l'amitié ?

Piquée au vif, Sophie rétorqua illico :

– Mais non, je veux bien t'aider. Mais là, tu me demandes trop !

Émilie s'insurgea :

– Trop ? Je te demande d'être là pour moi ! Je peux compter sur mon amie ou pas ? Pour une fois que je te demande quelque chose, Sophie ! Je te demande juste d'être là pour moi. Ce n'est pas la mer à boire !

Sophie ne savait pas comment se dépêtrer de cette situation alors elle remit à plus tard cette pénible conversation :

– Écoute, laisse-moi réfléchir et je te rappelle.

– Ouais, j'ai compris ! je ne peux pas compter sur toi !

Et Émilie raccrocha au nez de son amie tout en esquissant un sourire à Anne-Laure.

– Bien joué, le coup de la culpabilisation ! s'exclama cette dernière.

– Je pense qu'elle est vexée, là. Elle n'est pas près de me rappeler, soupira Émilie.

– T'inquiète ! je m'en occuperai, coupa Anne-Laure. En attendant, je t'emmène récupérer le reste de tes affaires.

– Le problème, c'est que Sébastien est à l'appartement avec les enfants. Il n'a pas pu les déposer à l'école ce matin, car l'heure était passée, et je n'ai pas envie de le croiser.

– Ah, les bonshommes… Il peut les déposer sur l'heure du déjeuner ? L'école rouvre bien ses portes le midi, non ?

– Oui, je vais lui envoyer un texto pour lui dire à quelle heure il peut les déposer, mais le temps d'aller jusque chez moi et de faire mes valises, il sera déjà rentré depuis belle lurette. L'école n'est qu'à dix minutes de l'appart'.

– Et ça finit à quelle heure, l'école ?

– Vu que Sébastien était d'astreinte dimanche, il ne travaille pas aujourd'hui. Enfin, d'astreinte… soi-disant… Bref, il ira les chercher à quatre heures et demie.

– Alors, ce qu'on va faire, ma biche, c'est prendre du temps pour nous ! Je t'emmène dans un super restaurant que j'adore ; on se régale, et après, je t'emmène pour quatre heures vingt tapantes chez toi. Tu auras donc vingt minutes pour faire tes valises pendant que Sébastien sera parti chercher les gosses.

– Excellente idée, chère amie !

Émilie rédigea donc son texto pour indiquer à quelle heure Sébastien pouvait déposer les enfants à l'école. Elle reçut, en retour, pour réponse : « Merci ». Elle adressa un clin d'œil complice à son amie pour lui signifier que son mari avait bien reçu le message. Les deux copines enfilèrent leurs chaussures, attrapèrent leur manteau et leur sac à main, et claquèrent la porte à la volée.

Émilie demanda à son amie où elle la conduisait. Anne-Laure lui répondit avec un sourire énigmatique que c'était une surprise. Elle aurait bien pris le métro mais elle savait qu'Émilie ne supportait plus les transports en commun : la promiscuité, la saleté, les odeurs, le bruit perçant des roues qui crissent sur les rails lorsque le métro ralentit… Émilie préférait, depuis peu, passer une heure dans les embouteillages au chaud dans sa voiture, que de se mêler aux grincheux somnambules, grouillants dans une masse épaisse et compacte.

Dans la petite et maniable Fortwo d'Anne-Laure, sur le chemin vers le restaurant, Émilie se demandait pourquoi son amie était si remontée contre les hommes. Qu'avait-il bien pu se passer dans sa vie pour qu'elle les méprise autant ? Depuis dix ans qu'elle la connaissait, Émilie ne l'avait jamais vue accompagnée. Elle avait, un jour, pensé qu'Anne-Laure était peut-être lesbienne, mais n'avait jamais osé lui poser la question. Après tout, si sa meilleure amie l'avait été, elle lui en aurait certainement parlé. D'autant qu'Anne-Laure n'allait jamais par quatre chemins pour dire les choses. Et puis, dans les albums photos d'Anne-Laure, Émilie avait vu des clichés de son amie, heureuse, dans les bras d'un jeune homme. Mais ces photos dataient : Anne-Laure n'avait plus, à présent, ce visage poupon. Depuis, il n'y avait eu plus personne dans la vie amoureuse d'Anne-Laure, ni homme ni femme. « Et pourtant, pensa Émilie, Anne-Laure ne semble pas attristée de cette situation. » Jamais elle ne s'était plainte d'un manque, d'un vide. Et une pensée en entraînant une autre, Émilie s'interrogea : « Pourquoi il y a des gens qui passent leur vie à se plaindre et d'autres, qui auraient des raisons de se plaindre, et qui ne se plaignent jamais ? »

Émilie s'extirpa de ses pensées lorsqu'elle s'aperçut que son amie avait trouvé une place pour se garer.

– On a trouvé une place juste à côté ! se réjouit Anne-Laure.

– Une chance de cocue ! lâcha Émilie, avec autodérision.

Anne-Laure éclata de rire, contente de constater que son amie n'était pas tombée au plus profond du gouffre, puisqu'elle pouvait encore rire de sa propre situation.

Devant la devanture du restaurant, elle demanda :

– Tu connais ?

En haut de la vitrine était inscrit : « The 60's ».

– Non, je ne connais pas, répondit Émilie.

– C'est nouveau, précisa Anne-Laure.

En entrant dans le restaurant, Émilie fut stupéfiée par la déambulation de serveurs et serveuses sur patins à roulettes. Les femmes étaient en jupettes plissées et queues de cheval, tandis que les hommes portaient des shorts et tee-shirts blancs ultra-moulants laissant apparaître de beaux biceps bien musclés.

– Waouh ! c'est génial ! s'exclama Émilie, ravie.

Le restaurant était décoré sur le thème des années soixante aux États-Unis, avec des banquettes aux couleurs criardes placées de chaque côté de la salle et laissant une large allée centrale pour que les serveurs à roulettes puissent patiner. Sur les murs, il y avait des répliques d'affiches de publicité des années soixante avec des dessins de pépées blondes ultra-sexy, des guitares électriques, des fanions, des casquettes américaines, des battes et des gants de baseball. Il y avait même, dans un coin, un jukebox qui fonctionnait. Émilie aperçut une serveuse avec une cafetière en verre à la main, laissant présager que l'on faisait, ici, du vrai bon café.

– J'adoooore ! reprit Émilie, tandis que les deux copines s'installaient à une table. J'espère seulement qu'il n'y a pas que des hamburgers et des frites. Tu sais combien je déteste la malbouffe !

– Non, rassure-toi ! Jamais je ne te ferai l'affront de te proposer un hamburger. Je sais ce que tu penses de la malbouffe ! T'inquiète, j'ai pas envie que tu me gâches le repas avec tes histoires de diabète, d'hypertension et de maladies cardiovasculaires !

Un bel étalon vint à elles, en glissant sur le carrelage de manière très aérienne. Il leur remit les cartes avec son plus beau sourire, prit la commande des apéritifs et s'évapora.

– C'est un ravissement pour les yeux, observa Émilie.

– L'endroit ou les hommes ? s'enquit Anne-Laure avec ironie.

Elles éclatèrent de rire car les deux copines, complices, savaient très bien de quoi Émilie parlait, ou plutôt de qui. Émilie ouvrit la carte et découvrit, à son grand soulagement, de multiples salades : salade aux gambas et copeaux de mangue, salade verte aux fraises et aux mûres, salade de chèvre frais aux figues... Elle découvrit également des carpaccios de noix de Saint-Jacques à la mangue, des carrés d'agneau au romarin, des filets mignons aux kiwis, des côtes de bœuf à partager.

– Il y a aussi des hamburgers et des milk-shakes ! constata Émilie, déçue.

– Oui, bien sûr ! Il faut bien qu'il y ait une relation avec le cadre ! Mais il y a hamburgers et hamburgers ! Tu as le hamburger traditionnel et des plus élaborés : hamburger au foie gras, hamburger poulet-coco, hamburger au canard et groseilles… Ils ne servent, ici, que des produits bio et ils achètent, dans la mesure du possible, à des producteurs locaux. Tout est cuisiné maison et ils font attention à notre ligne. Tu vois, en face de chaque plat, tu as le nombre de calories indiqué et la provenance des produits.

Émilie regarda attentivement. C'était extraordinaire ! Effectivement, en face de chaque plat, le nom et la région précise des producteurs de viande et de légumes étaient indiqués. Elle put constater que tout ce qui était de saison était acheté auprès de petits producteurs français. Émilie prêta, ensuite, attention à la carte des vins : merlot, bordeaux, sancerre… Ouf, il n'y avait pas que des milk-shakes !

– Je ne comprends pas le concept ! avoua Émilie, perplexe. Il y a de la nourriture française dans un restaurant au décor américain, ce n'est pas logique !

Anne-Laure lui expliqua alors ce qu'elle avait pu lire à ce sujet sur les réseaux sociaux :

– En fait, le chef veut faire découvrir les délices de la cuisine française au plus grand nombre et réconcilier les jeunes attirés par la malbouffe avec la gastronomie française. Avec ce décor, il attire plein de monde ! Ensuite, il peut leur faire découvrir une cuisine raffinée mais, si les gens veulent juste un hamburger-frites, ils l'ont aussi ; ils ne sont pas déçus.

– OK, je comprends. Et ça fonctionne ?

– Ça fait un carton ! C'est ouvert depuis seulement six mois et ça fait le buzz sur Internet ! Il y a des gens du monde entier qui viennent manger ici.

– Super ! Tu crois qu'on va croiser des stars ? demanda Émilie, excitée.

– Il paraît qu'il y avait Eva Longoria, la semaine dernière !

Émilie bougonna :

– J'ai pas l'cul, moi ! Jamais j'en vois, moi, des stars !

– On a déjà les serveurs beaux gosses, c'est déjà pas si mal ! observa l'éternelle optimiste.

Anne-Laure commanda un hamburger traditionnel accompagné de frites et d'un milk-shake à la banane, tandis qu'Émilie optait pour une salade aux gambas ainsi qu'un verre de vin rouge. En dessert, Anne-Laure se laissa séduire par un banana-split et Émilie par un fondant chocolat-framboise.

– Tu as calculé ton nombre de calories ingurgitées ? s'enquit Anne-Laure.

– Certainement pas ! Et d'ailleurs, je vais encore me reprendre un petit verre de vin.

– Ah, non ! c'est pas sérieux, Émilie !

– Si ! Je dois oublier mon malheur !

Émilie héla un serveur qui roula jusqu'à elle. L'Apollon lui suggéra :

– Voulez-vous goûter à nos vins américains ?

– Oh, surtout pas ! s'insurgea aussitôt Émilie.

La réponse de son amie avait tellement fusé qu'Anne-Laure partit dans un fou rire irrépressible. Elle essaya d'articuler :

– Oh… toi… tu… tu me… feras toujours… rire !

Le rire d'Anne-Laure était communicatif et Émilie se mit à rire, elle aussi. Anne-Laure se tenait les côtes tout en bégayant :

– Tu es… si… si… spontanée !

Émilie n'arrivait plus à se maîtriser. Le serveur revint et déposa le verre sur la table. Elle réussit à articuler « mer… ci… hi hi hi hi » tout en essuyant les larmes qui perlaient aux coins de ses yeux. Après plusieurs minutes d'euphorie, le duo parvint à recouvrer son calme.

– Ah, tu vois, c'est bon pour la santé, le vin !

Tout en disant cela, Émilie repartit à rire de plus belle. Enfin, elle put se calmer totalement et se délecter de son breuvage. Quand les desserts arrivèrent, elle était toute guillerette.

– Je suis « pompette », annonça-t-elle.

– Ah bah, c'est gai ! rétorqua Anne-Laure. Tu vas oublier la moitié de tes affaires, tout à l'heure ! Les valises vont être bien faites !

Le dessert terminé, Anne-Laure régla l'addition.

– C'est moi qui t'invite pour fêter le début de ta nouvelle vie !

– Laquelle ? interrogea Émilie, perplexe.

– Celle que tu vas inventer.

Émilie haussa les sourcils.

– Je ne vois vraiment pas. Ah, si… je vois une impasse !

– Allez, viens ! Il faut qu'on y aille maintenant, le restaurant va fermer.

Dans la Fortwo, Anne-Laure conduisit tranquillement. Elle choisit une musique douce pour apaiser son amie, tandis que celle-ci fermait les yeux et s'endormait.

Arrivée chez elle, Émilie ne savait pas par où commencer et se laissa choir sur son lit.

– Ah, c'est pas le moment de s'asseoir ! Lève-toi ! Qu'est-ce qu'on prend ? demanda Anne-Laure sur un ton autoritaire.

– Tout ! répondit Émilie.

– Non, pas tout ! ça ne rentrera jamais dans la voiture ! Où sont tes valises ?

– À la cave.

– Bon, on n'a pas le temps d'aller les chercher. On va tout mettre dans de grands sacs-poubelle.

Anne-Laure fonça à la cuisine et s'empara de tous les rouleaux qu'elle put trouver. En revenant sur ses pas, elle trébucha dans le couloir, manqua de tomber, se rattrapa de justesse au chambranle de la porte tout en expédiant les rouleaux en direction d'Émilie, qui faillit les recevoir en pleine figure. Cette dernière avait réussi à esquiver et s'esclaffa devant les cabrioles de son amie. Puis elle se baissa pour attraper un rouleau et légèrement ivre, elle vacilla. Elle se redressa et tenta de fourrer ses vêtements dans un sac, mais ils tombèrent par terre. Émilie se mit à rire de nouveau.

– Ah, c'est pas le moment de rigoler ! ton mec va revenir, dépêche-toi ! On n'a vraiment pas beaucoup de temps !

Émilie tenta à nouveau l'opération mais tout tomba, encore une fois à terre, et elle se mit à rire de plus belle.

– Oh, là, là ! laisse-moi ça ! ordonna Anne-Laure. Je m'occupe de tes fringues et toi, tu prends le reste.

Émilie rassembla son chéquier, son ordinateur portable et téléphone professionnels et quelques albums photos de ses enfants. Puis elle se retourna vers Anne-Laure et proposa :

– Et si on lui tailladait tous ses vêtements ? On brûle ses chaussures ? On découpe ses cravates et ses ceintures, on pète sa console de jeux, on raye tous ses CD, on…

– Certainement pas ! Mon Dieu, l'alcool fait des ravages ! Ce n'est pas la Émilie que je connais qui est en train de parler. Allez, viens vite, on a tout ce qu'il faut !

– Je veux voir mes loulous !

– Pas dans cet état. Ce n'est pas une bonne idée.

Émilie se mit à pleurer.

– Oh, mais c'est pas le moment, Émilie ! Il faut que tu m'aides à descendre tous ces sacs ! Allez vite, Sébastien va revenir d'une minute à l'autre !

Elles balancèrent tous les sacs dans le couloir, devant l'ascenseur, quand le voisin de palier fit son apparition. Interloqué, il demanda :

– Ah, bonjour, Émilie… vous déménagez ?

Émilie, toujours éméchée, répondit :

– Oui. Euh non, que moi ! Je quitte mon sale bonhomme de mari, qui n'est autre qu'un sale pervers comme tous les bonshommes, n'est-ce pas, Anne-Laure ?

Anne-Laure se mit à piquer un fard. Elle ne pouvait assumer ses convictions personnelles devant ce parfait inconnu. Ultra gênée, elle balbutia :

– Non, pas tous… certains… pas tous !

– D'ailleurs, poursuivit Émilie, si vous voulez bien nous aider, ça nous fera, peut-être, changer d'avis sur la gent masculine.

Elle s'était si bien employée à appuyer sur le « peut-être » que le voisin, en tant qu'homme, se sentit profondément offensé. Scandalisé par ce stéréotype, il ne put s'empêcher de lui en servir un autre, pour tenter d'éveiller l'esprit de sa voisine sur l'ineptie qu'elle venait de proférer. Ainsi, du tac au tac, il lui lança à la figure :

– Si toutes les femmes n'étaient pas des harpies castratrices, les hommes ne seraient pas tous des « pervers » !

Sur ce, le voisin les laissa plantées là, avec leurs sacs, et disparut par l'escalier.

– Oh ! le malotru ! s'exclama vivement Émilie.

– Chut ! chut ! intima Anne-Laure pour tenter de calmer le jeu.

Mais Émilie n'obéit pas et cria par-dessus la rambarde :

– Merci d'avoir relevé le niveau ! Malotru ! Goujat !

– Excusez-la, Monsieur, coupa Anne-Laure. Elle n'est pas dans son état normal !

Puis à l'attention de son amie :

– Allez, tais-toi maintenant, tu vas nous attirer des problèmes !

Elles fourrèrent tous les sacs dans l'ascenseur et, une fois à l'intérieur, Émilie éclata de rire. Anne-Laure faisait la moue. Surprise de la réaction de sa copine, Émilie lui demanda :

– Tu ne trouves pas ça drôle ?

– Non ! répondit Anne-Laure, fâchée.

– Oh ! c'était marrant, non ?

– Non ! Je te signale que tu viens de te brouiller avec ton voisin.

– Ben, tant pis ! Comme tu dis : « un de perdu, dix de retrouvés ».

– Oui, mais là, ça ne s'applique pas !

– Rhôôôô ! faudrait savoir ce que tu dis !

Anne-Laure ne se donna pas la peine de répondre, sachant qu'elle n'arriverait pas à faire entendre raison à l'esprit enivré de son amie. Lorsqu'elles atteignirent le rez-de-chaussée, Anne-Laure indiqua :

– Il ne nous reste plus que quelques minutes avant que Sébastien n'arrive, magne-toi !!!

Elles balancèrent les sacs, les uns après les autres, depuis l'ascenseur jusqu'au bas du perron de l'immeuble puis dans le coffre de la voiture. Certains s'éventrèrent ; Émilie piqua alors une nouvelle crise de rire.

– Mais c'est pas le moment de rigoler ! Allez, dépêche-toi ! Aide-moi !

A cause de son fou rire, Émilie ne pouvait plus aider son amie. Anne-Laure ramassait les vêtements tombés à terre et les jetait dans le coffre pendant qu'Émilie tentait de monter en voiture mais les spasmes d'hilarité qui agitaient son corps tout entier l'empêchaient d'y parvenir.

– Ça ne rentre pas ! cria Anne-Laure, à l'attention de son amie.

– Bourre !!! lui cria Émilie, en retour.

Anne-Laure perça les sacs pour évacuer l'air, tassa le tout et claqua la porte du coffre à la volée. Puis elle poussa énergiquement sa copine dans l'habitacle. Une fois installée au volant, Anne-Laure, en nage, mit le contact. C'est alors que le voisin les croisa en voiture. Émilie lui adressa un signe de la main, accompagné d'un petit sourire narquois. Ce dernier secoua la tête de désolation et poursuivit son chemin en haussant les épaules. Anne-Laure, quant-à-elle, manœuvrait vers la sortie du parking quand, soudain, Sébastien fit irruption, en sens inverse. Émilie se dissimula alors, en se laissant glisser au fond de son siège. Sébastien croisa la Fortwo, aperçut Anne-Laure, la reconnut, émit un mouvement de surprise tandis que cette dernière l'ignora superbement, s'engagea sur la route et fonça.

– Oh, là, là ! mais tu ne tiens plus du tout l'alcool, ma petite Émilie ! s'étonna Anne-Laure.

– C'est le mélange avec les médicaments.

– Quels médicaments ?

– Antidépresseurs.

– Le médecin t'a prescrit des antidépresseurs ?

– Non, ce sont d'anciens comprimés que j'avais, du temps où j'ai perdu mes parents.

– Oh, là, là ! tu vas me jeter ça. Donne-moi ça, tout de suite !

Émilie sortit le tube de comprimés de son sac à main et le lui tendit. Anne-Laure ouvrit sa fenêtre et le balança.

– Mais tu es folle ! s'exclama aussitôt Émilie. Il ne faut pas les jeter dehors. Si un enfant les trouve !

– Ah oui, merde !

Brusquement, Anne-Laure entreprit un demi-tour qui fit crisser les pneus bruyamment et secoua les filles dans leur siège ; ce qui fit immédiatement replonger Émilie dans sa crise de folie euphorique.

– Un demi-tour « à la Starsky et Hutch » ! fit-elle remarquer, en riant à gorge déployée.

– Oui, c'est l'adrénaline ! Avec tout ce remue-ménage, je suis comme une pile électrique !

Anne-Laure descendit de voiture, attrapa le flacon et le jeta sur la banquette arrière.

Sur le chemin du retour à l'appartement d'Anne-Laure, Émilie pensait : « Quand est-ce que je vais revoir mes loulous ? » Une larme roula sur sa joue. Anne-Laure aperçut son amie pleurer et songea : « Décidément, ces antidépresseurs la font passer d'un état à l'autre, sans transition. » Elle laissa son amie à ses pensées et installa une musique douce en fond sonore pour l'apaiser. Elle roula lentement et silencieusement, cherchant dans sa tête un moyen de faire changer d'avis Sophie à propos des vacances.

Chapitre 2

Sophie habitait Saint-Cloud, tout près de son amie Émilie. Pourtant, malgré la petite distance qui les séparait, elles ne se voyaient pas si souvent. Entre le travail, le ménage, les courses et les activités des enfants, il leur restait finalement peu de temps libre. Par le passé, Sophie avait enduré, comme Émilie, le stress et les contraintes du travail de cadre à responsabilités. Elle avait connu, elle aussi, la pression, les horaires à rallonge, les managers tyranniques à l'ego surdimensionné, les réunions interminables, celles et ceux qui vous sourient et vous descendent gratuitement par-derrière, les patrons imbuvables qui se prennent pour Dieu le Père, les lèche-bottes qui réussissent, les planqués qui font semblant de bosser. Elle avait, néanmoins, réussi à rencontrer quelques belles personnes qui avaient su rester simples et droites, et dans lesquelles elle se reconnaissait, telle que son amie Émilie.

Sophie n'était pas taillée pour le monde du travail et elle en avait pleinement conscience. Elle ne rêvait ni de pouvoir ni d'argent et elle était bien trop honnête, trop gentille pour réussir dans ce monde indélicat. Elle ne savait pas se défendre et encore moins donner des coups. Non, Sophie n'était pas faite pour cet univers ; elle s'y abîmait le cœur et la raison. D'ailleurs, elle n'attendit pas, comme Émilie, que le burn-out pointe le bout de son nez. Elle s'arrêta avant, et c'est plutôt la méchanceté gratuite des gens, les coups bas, qui l'y avaient conduite. Ou peut-être, aussi, était-ce dû à la crise de la quarantaine car, tout à coup, Sophie avait ressenti que tout cela n'avait pas de sens. Se dépêcher tout le temps, courir partout, ne pas profiter, ou mal, de ses enfants, leur imposer des journées à rallonge et les faire récupérer par des jeunes filles qui préféraient s'hypnotiser sur leur smartphone plutôt que d'interagir avec eux. Un jour, Sophie était rentrée du travail plus tôt que prévu et avait découvert dans l'assiette de son enfant de sept ans, un œuf et une tranche de jambon. Elle avait demandé à la jeune fille :

– Tu lui as servi une entrée ?

– Non, avait rétorqué celle-ci, nonchalamment.

– Où sont les légumes ?

– J'en n'ai pas fait.

– Tu penses que c'est un repas équilibré : deux aliments protéinés dans l'assiette d'un enfant de sept ans ? Je t'avais pourtant noté ce qu'il fallait réchauffer.

La jeune fille avait proféré, sans en éprouver aucune gêne :

– J'ai pas le temps de cuisiner, j'ai autre chose à penser !

La colère était montée ; Sophie l'avait renvoyée sur-le-champ. Cela avait été l'élément déclencheur. Elle avait, tout à coup, ressenti qu'elle passait à côté de l'essentiel, que tout cela n'avait pas de sens et que ça ne fonctionnait pas… Maxence était passé en CE1 sans savoir lire ni écrire. Les enfants ne mangeaient jamais ce que les jeunes filles successives leur préparaient parce qu'elles ne savaient même pas réchauffer un plat sans le faire cramer. Sophie, fatiguée après son retour tardif du travail, devait se mettre aux fourneaux et, les enfants, exténués, se couchaient à des heures déraisonnables.

Elle avait alors pris conscience que son rôle principal dans sa vie n'était pas de travailler mais d'être présente pour ses enfants, de bien s'en occuper et de profiter d'eux avant qu'il ne soit trop tard. Elle avait exposé son point de vue et son projet à son mari, Nicolas, et lui avait demandé son avis. Il avait d'abord eu peur que Sophie s'ennuie dans le rôle de femme au foyer mais il voulait lui faire plaisir, alors il avait approuvé sa décision. Après tout, si elle n'essayait pas, elle ne pourrait pas savoir ce qui lui convenait, avait-il pensé. Elle lui avait demandé s'ils avaient des moyens suffisants pour qu'elle s'arrête de travailler. Nicolas avait fait et refait les comptes. « Ce sera juste, avait-il dit. Il faudra faire quelques économies, se passer du superflu, renégocier certains contrats, supprimer des abonnements inutiles. » Sophie, quant à elle, n'avait éprouvé aucun doute concernant sa décision. Elle avait eu comme une révélation, soudain, que le sens de sa vie était d'être présente auprès de ses enfants. Et elle avait démissionné.

Elle avait donné congé à l'assistante maternelle qui s'occupait de sa petite dernière, Manon, qui avait à l'époque, un an. Elle avait désinscrit Maxence, sept ans, et Malo, cinq ans, de l'accueil du soir et de l'accueil de loisirs du mercredi. Cela faisait maintenant une année qu'elle s'occupait elle-même de ses enfants. Elle gardait Manon, qui avait aujourd'hui deux ans, et lui cuisinait des repas bio à la vapeur. Elle récupérait Malo et Maxence à seize heures trente, veillait elle-même à leurs devoirs et les gardait le mercredi toute la journée. Elle avait décidé de s'octroyer du temps pour elle, tous les vendredis. Alors, tous les vendredis matin, après avoir déposé les garçons à l'école et la petite Manon chez sa mère, Sophie filait à la salle de sport. Contrairement à Émilie, elle avait la chance d'avoir encore sa mère, la double chance d'avoir une mère équilibrée, et la triple chance qu'elle habite à côté de chez elle.

Sophie n'avait jamais regretté sa décision et n'avait jamais eu le temps de s'ennuyer. Loin du stress, elle avait retrouvé sa sérénité. L'énervement s'étant envolé, elle prenait le temps de faire les choses calmement et elle ne passait plus son temps à crier sur ses enfants ou à les presser. Elle ne leur imposait plus son rythme mais se calquait sur le leur. Les récupérer à seize heures trente leur faisait le plus grand bien et ils étaient, dorénavant, couchés à vingt heures tous les soirs. Sophie pouvait profiter pleinement de ses soirées, contrairement au temps où elle « travaillait »*. Elle avait demandé à ses enfants s'ils préféraient cette situation ou celle d'avant. Unanimement, ils avaient répondu que c'était beaucoup mieux ainsi. Même le mari de Sophie préférait cette situation. Il profitait des effets bénéfiques de l'apaisement de sa femme : ses sautes d'humeur s'étaient espacées. Sophie s'était même mise à cuisiner. Désormais, de bons petits plats équilibrés, bios et pleins de vitamines attendaient la petite famille, tous les soirs, sur la table du dîner.

*

De retour à l'appartement d'Anne-Laure, Émilie sombra dans les abysses d'une longue sieste. Le mélange alcool-antidépresseurs l'avait épuisée. Pendant ce temps-là, Anne-Laure décida de mettre son plan à exécution, celui auquel elle avait pensé dans la voiture pour tenter de faire changer d'avis Sophie à propos des vacances. Anne-Laure se fit couler un café serré dans la cuisine, puis s'installa confortablement dans son canapé et attrapa son téléphone portable.

Elle appuya sur « Camille Legendre » dans le répertoire téléphonique. Camille était la mère de Sophie. Elle décrocha :

– Allô ?

– Bonjour, Madame Legendre. Je suis Anne-Laure, une amie de Sophie.

– Oui, bonjour, Anne-Laure. Je sais qui vous êtes ! Sophie m'a souvent parlé de vous. Il faudra, un jour, que vous veniez déjeuner à la maison.

– Avec plaisir ! accepta aussitôt Anne-Laure qui aimait les moments de partage et les bons repas.

– Tout va bien ? interrogea la maman, soudain, inquiète.

– Oui, tout va bien. Excusez-moi de vous déranger mais je voudrais vous parler de Sophie. Voilà, pour ses quarante ans, Émilie et moi-même, avons organisé un voyage-surprise. Tout est déjà organisé et payé. Nous avons pensé que ce serait une bonne idée pour Sophie qui nous semble fatiguée en ce moment.

– Ah bon ? Je n'ai pas remarqué…

– Si, elle est très fatiguée mais elle n'ose pas se plaindre. Comme elle ne « travaille »* plus, elle pense que ce serait malvenu de sa part. Mais vous savez bien que s'occuper de la maison et de trois enfants, ce n'est pas de tout repos.

– Oui, bien sûr que je le sais !

(*) entre guillemets, car maman au foyer c'est du travail (non rémunéré) !

– Et nous souhaitions faire un cadeau qui sorte de l'ordinaire et dont Sophie se souviendrait toute sa vie.

– C'est une excellente idée, approuva Camille.

– Nous partons dès samedi pour trois semaines.

– Ah, quand même ! s'exclama la mère, décontenancée. Est-ce nécessaire si longtemps ?

– C'était une super promo à ne pas rater et c'est déjà payé ! insista lourdement Anne-Laure.

– Oui, mais c'est tout de même embêtant pour les enfants. Qui va s'en occuper pendant ce temps-là ?

Anne-Laure inspira un grand coup et mentit pour la bonne cause :

– J'avais trouvé une assistante maternelle très compétente, avec beaucoup d'expérience. Malheureusement, elle est tombée dans les escaliers de chez elle, ce matin. Elle vient de m'avertir qu'elle s'est cassé les deux bras et qu'elle ne peut donc plus s'occuper des enfants.

– Ah oui, c'est embêtant, dit Camille qui s'attendait à la suite.

– C'est pourquoi je me permets de vous contacter afin que vous nous aidiez à ne pas laisser ce voyage tomber à l'eau.

– Eh oui… !

– Je sais que c'est beaucoup demander, mais quand on y pense, Madame Legendre, qu'est-ce que trois petites semaines dans toute une vie ? Et ça ferait tellement plaisir à votre fille !

Camille se sentait acculée. Puisque tout était déjà payé et qu'elle avait peur à l'idée que sa fille ne lui pardonne jamais d'avoir refusé, elle accepta.

– Bien, je m'occuperai de mes petits-enfants, déclara-t-elle.

– Vous êtes la meilleure mère de tous les temps ! s'exclama Anne-Laure en sautant de joie.

– Et Nicolas, il est au courant de ce voyage-surprise ?

– Non, pas encore.

– Eh bien, ça va lui faire un choc !

– Ça ravive le couple, les coupures, vous savez ?

– Trois semaines de coupure, oui, c'est une belle coupure ! Nicolas va être ravi ! ironisa la mère.

– Vous êtes vraiment géniale, Madame Legendre. J'ai hâte de vous rencontrer !

Camille se sentit flattée :

– Appelez-moi Camille.

– Je vous tiens au courant pour la suite, Camille, et je vous remercie encore du fond du cœur.

– Qu'est-ce qu'on ne ferait pas pour ses enfants… Allez, tenez-moi au courant. À bientôt !

– À bientôt !

Elles raccrochèrent. Anne-Laure exécuta une danse de la joie dans le salon. Elle avait hâte qu'Émilie se réveille pour lui annoncer la bonne nouvelle. En attendant, il fallait qu'elle mette Sophie au courant à propos du voyage-surprise avant que sa mère ne découvre la vérité. Alors, elle pressa « Sophie », sur son téléphone portable.

– Salut Sophie, c'est Lolo. Ça va ?

– Ça va, et toi ?

– Très bien. J'ai une excellente nouvelle pour toi !

– Ah ?

– Ta mère a accepté de garder tes enfants pour trois semaines, le temps de notre voyage.

– Ah bon ?

– Oui ! C'est super, non ?

– Euh… je ne comprends pas tout…

– Je lui ai dit qu'Émilie et moi, nous t'avions organisé un voyage-surprise pour tes quarante ans et qu'il fallait qu'elle garde les enfants pendant le temps du voyage.

– Tu as menti à ma mère ?

– Pour la bonne cause… Émilie a besoin de toi !

– Tu as menti à ma mère… et, en plus, ce n'était même pas ma mère, le problème !

– Ah bon, c'est quoi, le problème ?

– C'est plutôt Nicolas. C'est lui qui risque de mal le prendre.

Sophie était ennuyée de ce mensonge, car elle avait de très bons rapports avec sa mère. Elles partageaient beaucoup de moments ensemble et ne se mentaient jamais. Sophie profitait pleinement de cette belle relation, car elle mesurait combien elle était chanceuse en comparaison d'Émilie qui avait perdu tôt ses parents ou d'Anne-Laure qui ne pouvait voir les siens que très rarement puisqu'ils avaient décidé de vivre leur retraite à Bali.

Anne-Laure prit conscience, tout à coup, que son mensonge causait de la peine à Sophie et aurait plus de conséquences sur sa relation avec sa mère qu'elle ne l'avait imaginé.

– Je suis vraiment désolée d'avoir menti à ta mère, admit Anne-Laure. Je pensais bien faire. Je n'avais pas imaginé que…

– Ne t'inquiète pas. Je vais rétablir la vérité auprès de ma mère et annoncer la nouvelle à Nicolas. J'ai réfléchi depuis le coup de fil d'Émilie et, vous avez raison toutes les deux, ça me ferait du bien. Et en fait, j'en ai envie, aussi.

– Non, non, c'est à moi de le faire. Je vais rappeler ta mère et lui présenter mes excuses. J'espère qu'elle ne changera pas d'avis… Elle va me haïr, c'est affreux !

– OK, dit Sophie. Tu te charges de ma mère et, moi, de Nicolas.

– D'accord. On se tient au courant.

– Bye.

Si initialement, Anne-Laure s'était félicitée d'avoir eu cette idée de génie, maintenant elle comprenait qu'elle n'aurait pas dû mentir. « Suis-je bête ! pensa-t-elle. Mentir à mon âge ! auprès d'une mère, en plus ! » Elle savait qu'elle devait réparer sa bêtise mais se sentit, soudain, faible à cette idée. Elle tourna et retourna les mots dans sa tête, inscrivit sur une feuille de papier ceux qui lui semblaient les plus justes ; ceux qu'il fallait absolument prononcer pour que Camille ne lui en veuille pas pour le restant de ses jours, et surtout pour qu'elle ne change pas d'avis. Elle déambula du salon à la cuisine, se fit couler un deuxième café, retardant ainsi l'échéance de l'appel. Elle agita vingt-cinq fois sa petite cuillère dans sa tasse, épousseta des poussières imaginaires, avala son café d'un trait et s'ordonna : « Allez, courage ! Après, ce sera fini ! »

Elle rappela enfin la mère de Sophie, lui exposa la vérité, la pria d'accepter ses plus plates excuses et attendit fébrilement sa réponse. Camille commença par la sermonner puis lui assura qu'elle lui pardonnait puisque, d'elle-même, elle était venue avouer sa faute. « Vous auriez pu me dire la vérité du premier coup, vous savez, Anne-Laure. J'aurais accepté. » « Alléluia ! » pensa Anne-Laure. Elle lui renouvela ses excuses, la remercia maintes fois pour sa clémence et sa gentillesse, et raccrocha, le cœur battant et les mains moites. « Ouf, une bonne chose de faite ! » songea-t-elle. Ce rétablissement de vérité lui avait causé quelques émotions qui l'avaient vidée de toute son énergie. Soulagée, elle se laissa tomber dans le canapé et ferma les yeux.

Lorsque Émilie se réveilla de sa sieste, elle se dirigea vers le salon et trouva son amie assoupie. Doucement, elle s'assit auprès d'elle et lui caressa les cheveux. Anne-Laure ouvrit un œil, puis deux.

– Purée, je me suis endormie ! constata-t-elle. Quelle heure est-il ?

Émilie consulta le smartphone d'Anne-Laure et la renseigna :

– Vingt heures.

– T'as fait une sacrée sieste ! remarqua Anne-Laure.

Émilie sourit faiblement.

– Qu'est-ce qu'on fait, maintenant ? soupira-t-elle d'une voix éteinte.

– On se commande des sushis et on regarde un bon film, au chaud sous la couette ?

Émilie accueillit favorablement les propositions de son amie. Elles choisirent leurs sushis sur une brochure, passèrent commande, puis Anne-Laure entreprit le récit de ses aventures téléphoniques avec Camille Legendre.

– Si tu connaissais davantage Sophie, tu saurais qu'il ne faut pas mentir à sa mère ! fit remarquer Émilie.

Mais Anne-Laure ne pouvait pas le savoir, car elle était davantage l'amie d'Émilie que de Sophie. Émilie avait rencontré ses deux amies dans le cadre du travail mais dans des entreprises différentes. Émilie était le point commun entre Sophie et Anne-Laure. Ces deux dernières s'étaient rencontrées par l'intermédiaire d'Émilie et ne se fréquentaient qu'en présence de celle-ci. Sophie était trop sage, trop lisse pour Anne-Laure qui aimait les grains de folie. Émilie avait ce grain de folie. Parfois, il était énorme si bien qu'Anne-Laure ne comprenait pas toujours l'humour d'Émilie mais, la plupart du temps, leur folie et leur humour coïncidaient.

C'est pourquoi elles étaient de grandes amies l'une pour l'autre. D'ailleurs, jamais elles ne s'étaient fâchées ; jamais elles ne s'étaient quittées. De longs moments pouvaient s'écouler entre elles mais leurs liens ne s'en trouvaient que plus renforcés. Elles se retrouvaient alors avec joie et Anne-Laure racontait à son amie ses voyages aux quatre coins du monde. Immanquablement, elle lui rapportait un souvenir exotique : un éléphant en bois de Thaïlande, un album de photos du Mexique, une statuette d'Afrique, une boîte colorée de Russie… Émilie vivait, par procuration, des sensations magiques quand son amie lui relatait ses voyages, ses rencontres, ses découvertes, ses péripéties. Elle enviait la manière de vivre d'Anne-Laure et se sentait nostalgique à l'idée de ne pouvoir mener, elle aussi, sa vie de façon aussi légère. Mais là, enfin, elle allait pouvoir le faire. Partir avec Anne-Laure était une chance pour Émilie de vivre des vacances pleinement et d'essayer de nouvelles choses, des choses auxquelles elle n'aurait jamais pensé.

La sonnerie de l'interphone retentit, c'était le livreur. Émilie alla ouvrir, régla l'addition et disposa l'ensemble de leur commande sur la table basse du salon : sushis, sashimis, soupe miso et gyozas. Elles optèrent ensuite pour une comédie. Rien de mieux pour tenter de faire oublier à Émilie, l'espace d'un instant, sa fatigue, la trahison de son mari et l'absence de ses enfants. Vers le milieu du film, son téléphone se mit à sonner. C'était Sophie. Émilie décrocha.

– Hello, ma biche, je t'ai mise sur haut-parleur.

– Hello, les filles, salua Sophie. J'ai une excellente nouvelle !

Émilie et Anne-Laure se regardèrent en souriant.

– Je fais partie du voyage !

Les deux amies explosèrent de joie, se levèrent d'un bond du canapé, crièrent et sautèrent à travers le salon. Anne-Laure entama sa fameuse « danse de la joie », Émilie éclata de rire. Cette danse complètement grotesque et uniquement connue d'Anne-Laure, était composée de déhanchés absolument dépourvus de style ou de grâce et enchaînés de manière totalement démente. Après ces effusions bruyantes et libératrices, elles se calmèrent. Émilie voulut des détails :

– Il a pris ça comment, Nicolas ?

– Très bien, bizarrement ! Ni engueulade, ni reproche. C'est passé comme une lettre à la poste !

– Eh bien, tu vois ! intervint Anne-Laure. Vous, les filles, vous agissez toujours trop comme des filles : soit vous n'osez pas, soit vous vous faites des montagnes pour rien !

Sophie, pourtant concernée par ce préjugé, répliqua d'une voix grave :

– Pourquoi ? Toi, t'es pas une fille, peut-être ?

– Si, mais je n'ai pas les défauts de la plupart des filles.

– Elle en a d'autres ! affirma Émilie avec humour, tout en adressant un clin d'œil à son amie.

– Eh bien, vous savez quoi ? interrogea Anne-Laure.

– Non, répondirent les deux autres, en chœur.

– Cela veut dire qu'il ne nous reste plus qu'à choisir notre destination !

– La Corse ! hurla aussitôt Sophie, à l'autre bout du fil.

– Déjà fait ! objecta Anne-Laure.

Sophie maugréa :

– Toi, de toute façon, tu as déjà tout fait !

– Mais non, pas tout !

– La Croatie ? proposa Émilie.

– J'ai peur des Croates, rétorqua Sophie, tout à coup anxieuse.

Les deux autres se regardèrent interloquées et éclatèrent de rire. Émilie reprit :

– Cuba ?

– Ah, surtout pas ! Il y a des cyclones ! protesta Sophie, de plus en plus angoissée.

Émilie réfléchit un court instant et suggéra :

– La Sicile ?

Sophie, cette fois complètement affolée, s'insurgea :

– Ah non ! il y a des volcans et des tremblements de terre !

Les deux autres se remirent à glousser.

– Mais c'est vrai ! Bande d'ignares ! Vous ne savez pas que l'Italie et la Sicile sont sujettes aux tremblements de terre à cause de la friction entre les plaques tectoniques africaine et eurasienne ?

Émilie et Anne-Laure échangèrent un regard médusé et se mirent à rire de plus belle.

– Pftt ! fit Sophie, vexée. Bande d'incultes !

Émilie, patiente, réfléchit à nouveau et souffla :

– La République dominicaine ?

– Ah, certainement pas ! cria Sophie. Il y a des moustiques énormes qui te refilent le chikungunya !

– Eh bien… avec Sophie qui a peur des moustiques, des cyclones, des volcans et des plaques tectoniques, je ne sais pas où on va bien pouvoir aller ! constata Émilie, désespérée.

Anne-Laure vint au secours de ses deux amies :

– Dans ce cas, chacune choisit une destination et les deux autres devront l'accepter sans rechigner.

– Trois destinations en trois semaines, c'est court pour visiter chaque pays ! observa Sophie.

– Ben, c'est mieux que rien ! se réjouit Émilie qui était tout excitée.

Anne-Laure interpella les filles sur une question pragmatique :

– Est-ce que vous avez, au moins, votre passeport à jour, Mesdames ?

– Moi, toujours !

– J'ai refait le mien l'année dernière, répondit Sophie, à son tour.

– Alors c'est parfait ! Je prends un papier et je note vos desiderata, Mesdames. Sophie, qu'est-ce que tu choisis ?

– Je crois qu'on ferait mieux de choisir seulement deux destinations. Ce sera moins fatigant et plus agréable d'avoir davantage de temps pour visiter les deux pays.

Anne-Laure scruta Émilie avec un sourcil interrogateur. Celle-ci acquiesça :

– OK, on ne fait que deux destinations.

– Je vous laisse choisir alors, les « girls » car moi, j'ai déjà beaucoup voyagé.

– La Corse ! hurla Sophie à l'autre bout du fil.

– OK, c'est noté. Émilie ?

– La Nouvelle-Zélande !

– Bah, tu ne peux pas ! c'est l'hiver, là-bas, en juin ! fit remarquer la grande voyageuse qui connaissait par cœur toutes les destinations à effectuer selon les saisons.

– Bon, alors, je choisis… Bali ! Comme ça, tu pourras rendre visite à tes parents, dit Émilie à l'attention d'Anne-Laure tout en lui adressant un clin d'œil complice.

– C'est bon pour toi, Sophie ? C'est assez « sécure », la Corse et Bali, question cyclones et tremblements de terre ? demanda Anne-Laure pour la taquiner.

Anne-Laure et Émilie se regardèrent en ricanant et en tentant d'étouffer leurs rires dans leurs mains, mais Sophie les entendait quand même à l'autre bout du fil.

– Oui, la Corse, c'est très « sécure », mais pour Bali, ce sera sans moi. Je vous laisserai finir le voyage toutes les deux.

– Pourquoi ? T'as peur des Balinais ? se moqua Émilie en pouffant.

– Non, il y a des tremblements de terre et des tsunamis en Indonésie.

– Tstt, tstt, pas du tout ! Mes parents y sont depuis trois ans, ils n'ont vu ni tremblement de terre, ni tsunami, ni dragon de Komodo !

A présent, Émilie convulsait de rire sur le canapé.

– Bon, je vous aurai prévenues ! Faudra pas pleurer quand on sera enterrées vivantes !

– Et pour l'avion, c'est bon ? T'as pas peur ? persifla Anne-Laure.

– Je ne suis pas vraiment rassurée, mais je sais qu'il y a moins d'accidents d'avion que de voiture. Alors, j'arrive à me contrôler.

Émilie, hilare, ne parvenait plus à parler et des larmes dévalaient ses joues.

– Bon, je vous laisse rire ! se vexa Sophie. Je vais me renseigner pour voir s'il n'y a pas des vaccins à faire avant de partir.

Les rires redoublèrent.

– Non mais, franchement, il faut vous cultiver un peu, les filles ! Qu'est-ce que vous regardez à la télé qui vous lobotomise le cerveau ?

Avec sa vie à deux cents à l'heure, Émilie n'avait pas vraiment le temps de regarder la télévision. Mais, perdue dans son fou rire, elle ne pouvait plus argumenter. Anne-Laure répondit à sa place :

– Moi, je ne regarde que des séries, pas toi ?

– Pour votre culture, Mesdames, je vous suggère : Arte, France 5, TV5 Monde, RMC Découverte, France Info…

– OK, Maman ! la coupa Anne-Laure.

– Bon, je vous laisse. Je vais étudier les risques potentiels à Bali ; comme ça, grâce à moi, on aura des informations importantes à savoir avant de partir. Bonne nuit, les filles !

– Bonne nuit, Sophie, à demain, clôtura Anne-Laure avant de raccrocher.

Après de longues minutes, le fou rire d'Émilie finit par s'arrêter.

– Ouf, ça fait du bien quand ça s'arrête ! J'ai failli manquer d'oxygène. J'en ai mal aux côtes, aux abdos et aux zygomatiques !

Les deux amies ne pouvaient plus poursuivre la lecture de leur film ; elles étaient bien trop excitées par leur voyage qui devenait réalité. Alors, elles parlèrent de mille détails, de ce qu'elles devaient emporter dans leurs bagages, des lieux à découvrir absolument et des activités à ne pas manquer. Elles discutèrent de l'ordre dans lequel elles visiteraient les pays, consultèrent les départs et les prix des billets d'avion. Elles étudièrent les offres des résidences hôtelières et autres clubs de vacances. Les trois copines avaient, à peu près, les mêmes goûts et le même pouvoir d'achat : celui des cadres moyens. Sophie pouvait compter sur ses économies placées du temps où elle avait un travail rémunéré ; Émilie gagnait relativement bien sa vie grâce à son poste actuel et Anne-Laure, outre ses missions ponctuelles, avait reçu un don non négligeable de la part de son père lorsqu'il avait liquidé son entreprise avant de partir à la retraite. Elles décidèrent qu'elles commenceraient leur voyage par la Corse, puis poursuivraient vers Bali pour leurs deux dernières semaines. Elles étaient surexcitées à la vue des offres hôtelières : certaines paraissaient exceptionnelles avec des cadres idylliques, des spas, des plages de sable fin. Elles adressèrent un texto à Sophie pour connaître le montant du budget qu'elle souhaitait allouer à ce voyage. Sophie répondit aussitôt : « Il faut que cet évènement soit exceptionnel pour qu'on en garde un souvenir inoubliable. Donc, je vous fais confiance, les filles, réservez ce que vous voulez. » La couleur était annoncée !

Anne-Laure, souhaitant que son amie se repose, déclara :

– Je m'occupe d'organiser le voyage. La Corse et Bali, ce sont des destinations que je connais bien. Je pourrai facilement vous organiser un truc aux petits oignons !

– Mais qu'est-ce qu'on se fixe comme budget ? insista Émilie.

– Un budget raisonnablement exceptionnel.

– OK, je vois. On se fait plaisir mais pas dans la démesure, non plus ?

– C'est exact, chère amie !

– Attends, Anne-Laure. Il faut que tu saches que Sophie est un peu trouillarde.

– Non, c'est vrai ? J'avais pas remarqué !

– Et, en plus, elle n'aime pas les microbes, donc n'organise pas un truc en pleine jungle où il faut manger et dormir par terre chez l'habitant. Elle ne le supporterait pas. Et évite les trucs qui font peur comme, par exemple, le rafting !

– Pas de problème ! J'ai bien cerné le phénomène ! Ne t'inquiète pas, on va éviter de lui faire choper la tourista ou de lui déclencher une crise cardiaque ! De toute façon, j'ai jamais dormi par terre à Bali... ?

Anne-Laure calcula l'heure qu'il devait être là-bas pour savoir si elle pouvait encore appeler ses parents et leur annoncer la bonne nouvelle. Mais elle s'aperçut qu'il était trois heures du matin sur l'Île des Dieux. A la place, elle conduisit son amie dans sa chambre pour lui faire découvrir sa garde-robe. Elle lui offrit toutes ses robes et jupes qui étaient devenues trop petites, au fur et à mesure des années, mais dont elle ne s'était jamais résolue à se séparer. Émilie les accepta avec plaisir, d'une part parce qu'elles lui plaisaient et d'autre part, parce qu'elle n'avait pas pu rapporter de chez elle tout ce dont elle avait besoin. La soirée passa à la vitesse de la lumière. Lorsque Anne-Laure s'enquit de l'heure, elle découvrit : une heure du matin, sur son téléphone portable. Malgré leur allégresse, elles décidèrent sagement d'aller se coucher.

– Je te laisse ma chambre. Je vais dormir au salon.

– Dors avec moi, supplia Émilie. Si tu me laisses seule, je vais pleurer. Mes enfants me manquent trop.

– Tu leur as parlé ?

– Pas encore… Ni vus, ni parlé. Je me demande bien ce que Sébastien a pu leur raconter.

– Il faut que tu leur parles vite, pour les rassurer.

– Je sais. Je vais appeler Sébastien, demain matin, pour lui dire que je m'occupe de récupérer les enfants après l'école, et je lui parlerai aussi de notre voyage.

– N'oublie pas de prendre ton passeport et, si possible, d'aller présenter tes excuses à ton voisin !

– Oui, tu as raison.

Les deux amies s'allongèrent l'une à côté de l'autre et le silence s'installa entre elles. Leurs paupières s'alourdirent mais leur cerveau resta en veille. Anne-Laure continua de réfléchir aux détails du voyage tandis qu'Émilie pensait à ses enfants et à ce qu'elle allait bien pouvoir leur dire. Comment expliquer cette situation sans diaboliser leur père à leurs yeux ? Elle réfléchit longtemps puis décida d'en dire le moins possible. Juste que leur maman avait besoin de repos, comme l'avait préconisé le docteur.

*

Le lendemain matin, les filles se réveillèrent à onze heures. Anne-Laure prépara un copieux petit déjeuner et Émilie se décida à contacter son mari. Elle lui expliqua qu'elle irait chercher les enfants à l'école mais qu'elle ne souhaitait pas le voir, que c'était au-dessus de ses forces. Elle l'informa également du voyage prévu avec ses copines afin de se changer les idées et de se reposer. Sébastien supplia sa femme de lui pardonner. Il lui assura qu'il regrettait, qu'il avait été bête et qu'il ne recommencerait jamais, mais Émilie ne pouvait pardonner. C'était trop tôt et elle ne savait pas, d'ailleurs, si elle le pourrait un jour. Sébastien se mit à pleurer à l'autre bout du fil. Cela n'apitoya pas Émilie. Il n'avait pas le droit de pleurer, pensa-t-elle. Est-ce qu'il pleurerait maintenant si elle n'avait pas découvert son double jeu ? Non, il ne pleurerait pas. Il continuerait à passer du bon temps, sans se soucier d'elle, tout en lui mentant. Alors d'une voix glaciale, elle coupa court à leur conversation et raccrocha. Elle voulait qu'il souffre, autant qu'elle. Elle n'était pas près de lui pardonner. Son cœur s'était refermé et elle ne savait pas pour combien de temps.

Elle s'allongea sur le lit et pensa à ses enfants. Le problème, c'étaient les enfants. Ils lui manquaient et elle pensa qu'elle devait certainement leur manquer aussi. Il faudrait prendre des décisions en essayant de préserver leurs petits cœurs et il lui semblait, à cet instant, impossible de prendre la moindre décision sans qu'ils aient à en souffrir. Elle se sentait perdue comme dans un épais brouillard. Elle, qui d'habitude savait dans le cadre du travail, avancer les bons arguments, débattre, concilier et prendre rapidement des décisions, ici et maintenant, elle se sentait impuissante, désarmée, terrassée, vaincue. Elle n'entrevoyait pas de solution, pour l'instant. Alors, elle décida de rejoindre Anne-Laure au salon. Son amie avait préparé un petit déjeuner gargantuesque qu'elle avait disposé sur la table basse : confitures, viennoiseries, compotes, yaourts, jus d'orange, café. Émilie prit son mug, but une gorgée et souffla à Anne-Laure :

– Merci de prendre soin de moi.

– C'est normal, lui assura-t-elle. Et tu peux rester ici aussi longtemps que tu en auras besoin !

– Je prendrai un taxi tout à l'heure pour aller voir mes enfants. Si je rentre ensuite avec ma voiture, est-ce qu'il y aura de la place pour se garer ?

– Non, j'ai déjà du mal à trouver une place pour la mienne. Laisse ta voiture chez toi. Tu veux que je vienne te chercher, quand tu auras fini ?

– Non, je ne veux pas t'embêter, je prendrai un taxi pour rentrer. Comme ça, tu auras tout ton temps pour nous concocter un super voyage !

– Un voyage extraordinaire ! J'ai déjà une tonne d'idées !

Elles prirent leur temps pour petit-déjeuner tout en écoutant les informations à la télévision. Puis elles se blottirent dans les coussins du canapé et sous le plaid. Après un long moment de détente, Émilie fila sous la douche pendant qu'Anne-Laure allumait son ordinateur pour commencer son travail d'organisatrice de voyage. Après sa toilette, Émilie alluma le sien et entreprit de répondre à ses mails. Elle téléphona à son manager et aux membres de son équipe, répondit à leurs questions, débloqua des situations. Elle leur signifia qu'elle restait joignable et qu'il ne fallait surtout pas qu'ils hésitent à lui téléphoner s'ils en ressentaient le besoin.

Quand Émilie eut terminé de traiter tous ses mails, il était déjà l'heure d'aller récupérer ses enfants. Elle commanda son taxi, embrassa son amie et disparut précipitamment. Elle arriva un peu plus tôt que prévu pour avoir le temps, espérait-elle, de s'entretenir avec son voisin. Elle sonna à sa porte, attendit, mais il n'était pas chez lui. Alors, elle prit le chemin de l'école. Lorsque ses enfants sortirent du bâtiment, leurs visages s'illuminèrent. Ils vinrent à elle en courant et se jetèrent sans ses bras. Elle les embrassa et les conduisit au parc où ils prirent leur goûter et racontèrent leur journée.

– Pourquoi tu es partie de la maison, Maman ? demanda Emma.

– Que vous a dit Papa ?

– Que tu étais partie dormir chez ta copine Anne-Laure, mais il ne nous a pas expliqué pourquoi.

– Je suis allée dormir chez Anne-Laure parce que j'avais besoin de voir un docteur qui se trouve à côté de son appartement. C'est pour ça.

– Tu es malade, Maman ? s'enquit Emma, soudain soucieuse.

– Non, pas du tout ! Ne vous inquiétez pas. Je suis seulement très fatiguée et le médecin m'a demandé de me reposer. C'est pourquoi, pendant un mois, je ne vais pas aller au travail et je vais même partir en vacances pour me ressourcer.

– Sans nous ? s'étonna Léo.

– Oui, l'école n'est pas terminée. Vous, vous devez continuer d'aller à l'école.

– C'est pas juste ! s'exclama Emma. Moi, je veux partir avec toi en vacances.

– Moi aussi, bougonna son frère.

Émilie se retrouvait à devoir gérer cette situation par la faute de Sébastien ; sa colère envers lui revint à la vitesse d'un éclair. Mais elle ne devait pas se laisser envahir par ce sentiment. Pas maintenant. Elle voulait profiter pleinement de ses enfants, car elle savait qu'ensuite, elle ne les reverrait pas avant un très long moment. Alors, Émilie mit toute son énergie à faire comprendre à ses enfants pourquoi il était nécessaire qu'elle parte en voyage. Elle les rassura en leur disant qu'ils lui manqueraient mais que ça passerait vite, qu'elle leur rapporterait plein de cadeaux et que, de toute façon, la fin de l'année scolaire était proche et qu'alors, ils partiraient ensemble en vacances. Après une longue discussion et de nombreux arguments, elle pensa qu'elle avait réussi à les convaincre sans leur faire trop de peine, puisqu'ils étaient enfin partis jouer dans le parc avec d'autres enfants. Leurs cris, leurs rires rassurèrent Émilie : l'insouciance de l'enfance semblait avoir repris ses droits. Elle les laissa jouer plus longtemps que d'habitude et il n'y aurait ni devoir, ni bain, ce soir-là, décida-t-elle. Elle voulait passer le maximum de temps avec eux, avant que cette journée ne s'achève.

De retour à l'appartement, Émilie joua avec ses enfants, leur lut des histoires, les câlina, les écouta. Puis elle leur prépara le dîner, les coucha, les embrassa. Elle leur dit « au revoir » et les rassura : « Ça passera vite, mes chéris. Je vous aime. » Enfin, elle adressa un texto à Sébastien, l'informant qu'il pouvait venir. Il répondit qu'il arriverait dans la demi-heure. Elle prit son passeport, le glissa dans son sac à main, attendit que ses enfants s'endorment puis alla, de nouveau, sonner chez son voisin de palier. Cette fois, il ouvrit la porte. Elle lui expliqua la situation, lui présenta ses excuses. Il les accepta facilement car cela faisait cinq ans qu'Émilie était sa voisine et avait eu une attitude exemplaire avant cette unique fausse note. Il lui affirma qu'il comprenait, que ce n'était rien, que c'était oublié. Émilie, contente d'avoir pu rétablir de bonnes relations de voisinage, regagna son appartement et attendit Sébastien. Quand il lui fit parvenir un texto pour l'informer qu'il était arrivé, elle lui notifia de prendre les escaliers. Elle jeta un dernier regard à ses enfants qui dormaient, attrapa son sac à main et s'évapora dans l'ascenseur. Ainsi, elle évita de croiser son mari. Elle commanda un taxi qu'elle attendit patiemment en bas de son immeuble.

Sur la banquette arrière de la voiture, Émilie regardait le paysage qui défilait par la fenêtre et elle pleura. Avant d'arriver chez Anne-Laure, elle prit soin de bien sécher ses larmes mais son amie remarqua ses yeux inhabituellement brillants. Alors, pour la distraire, Anne-Laure usa d'un ton plus enjoué que la situation ne l'exigeait pour expliquer à Émilie combien le voyage allait être fantastique, car elle avait déjà réservé tout un tas d'activités incroyables. Quand Émilie sembla aller mieux, Anne-Laure s'enquit :

– Ça s'est bien passé ?

– Oui, bien. Et j'ai présenté mes excuses au voisin.

– Une bonne chose de faite !

– Qu'est-ce que tu vas faire demain ? demanda Émilie pour changer de sujet de conversation.

– Préparer ma valise. Est-ce que je prends une trousse à pharmacie, au cas où ?

– Non, ne te charge pas avec ça ! Sophie aura tout prévu : désinfectant, pansements, Arnica, Doliprane, antidiarrhéique, Biafine, collyre, thermomètre…

– Tu es sûre ?

– Certaine !

– OK, je prendrai juste de la crème solaire, alors !

Puis l'inséparable duo discuta de tout, de rien. Anne-Laure raconta des anecdotes croustillantes à propos de sa dernière expérience professionnelle : ses péripéties bureautiques, les bourdes qu'elle avait commises, les blagues de ses collègues, les bruits de couloir, les aventures extra conjugales gardées secrètes mais connues de tous, les nouveaux amis qu'elle s'était faits à cette occasion. Après un long moment d'échanges où Anne-Laure parvint à faire regagner le sourire à son amie, elles décidèrent de regarder la fin du film qu'elles n'avaient pas pu terminer la veille au soir. Le lendemain, chacune s'affaira à ses occupations et les jours passèrent rapidement avec les derniers préparatifs du voyage.

Chapitre 3

Le samedi du départ était arrivé et les trois copines se rejoignirent à l'aéroport d'Orly. Il y eut de grands sourires, des embrassades et ce fut l'occasion d'un premier selfie. À bord de l'avion, Sophie était un peu crispée, pourtant le vol se déroulait sans encombre. Arrivées sur le sol corse, elles récupérèrent leurs bagages et prirent une voiture de location afin de rejoindre l'hébergement qu'Anne-Laure avait réservé. Cette dernière arrêta la voiture devant un hôtel cinq étoiles à la devanture majestueuse et flanquée de colonnes imposantes de style Rome antique. Sophie et Émilie émirent des sifflements d'admiration. En arrivant dans le hall immense, le trio fut accueilli par un insolite robot blanc qui se déplaçait en roulant. Il venait au-devant des clients quand la réception était déjà occupée afin que ceux-ci ne s'impatientent pas. Il était de petite taille, un mètre vingt environ, afin de ne pas effrayer les gens et les enfants.

– Oh, c'est absolument génial ! s'exclama Anne-Laure en l'apercevant de loin.

Le petit robot s'avançait vers elles.

– Il est trop mignon ! s'extasia Émilie.

– Bonjour, je m'appelle Niko, se présenta l'androïde.

– Bonjour, Niko. Enchantées ! répliquèrent Émilie et Anne-Laure, en chœur.

Seule Sophie ne paraissait pas enchantée.

– Je suis ravi de vous accueillir dans notre prestigieux hôtel cinq étoiles : « Le Domaine des Sanguinaires ». Venez vous asseoir, Mesdames, dans nos confortables canapés en cuir. Souhaitez-vous un café ou une coupe de champagne ?

– Une coupe de champagne ! gazouillèrent-elles, à l'unanimité. Le robot pianota quelque chose sur sa tablette tactile et annonça :

– La commande est passée, Mesdames ! Le temps que les coupes nous parviennent, je vais vous donner quelques informations utiles sur l'hôtel. Si vous souhaitez n'importe quelle autre information, il suffit de me le demander. Je suis à votre entière disposition si vous souhaitez, par exemple, connaître les plus belles plages de l'île, les villes à visiter, les activités à faire, ou encore, procéder à une réservation.

– Moi, j'ai quelque chose à demander, dit Émilie en souriant.

– Je vous écoute, chère Madame.

– Est-ce que vous nous trouvez belles ?

Les deux autres éclatèrent de rire.

– Vous êtes absolument rayonnantes, Mesdames. C'est un réel plaisir de faire votre connaissance.

– Il a été bien éduqué, ce robot, complimenta Émilie, en plaisantant.

– Bien programmé, rectifia Sophie.

À cet instant, les coupes de champagne arrivèrent et les trois copines trinquèrent à leurs vacances qui commençaient à merveille. Les filles donnèrent leur nom, le robot procéda au « check-in ».

– Vous avez la suite « Victoria », Mesdames, au dernier étage. Dans les chambres, vous trouverez à votre disposition, un coffre-fort, un minibar, des peignoirs et des chaussons. Le spa se trouve au rez-de-chaussée. Il comprend un sauna et un hammam. Le spa est ouvert de sept heures à vingt-deux heures. La salle de sport se trouve également au rez-de-chaussée, en face du spa. Elle est ouverte aux mêmes horaires. Nous disposons aussi d'un salon proposant des massages, épilations et manucures. L'hôtel dispose également d'une piscine extérieure, comme vous avez pu le constater en arrivant. Vous retrouverez l'ensemble de ces informations sur ce fascicule.

Niko leur remit un dépliant récapitulant les services proposés, les horaires, les tarifs et les codes Wifi. Il leur expliqua où trouver l'espace lecture et l'espace billard. Il précisa également que l'hôtel et la réception restaient ouverts toute la nuit.

– Avez-vous des questions, Mesdames ?

– Pouvez-vous nous accompagner à nos chambres ? s'enquit Sophie.

– Je vais demander à l'un de nos bagagistes de vous aider à porter vos valises et de vous accompagner jusqu'à votre suite.

Niko les guida vers un homme immense, aux larges épaules carrées, et prit congé. Dans l'ascenseur, Émilie et Anne-Laure étaient tout excitées par cette rencontre robotique.

– C'est absolument génial, s'extasia Émilie. J'adore !

– Les robots, c'est pas génial du tout, marmonna Sophie.

Elles pénétrèrent dans leur suite de cinquante mètres carrés avec terrasse. Les filles s'en approchèrent et y découvrirent… un Jacuzzi privatif avec vue sur la mer.

– J'y crois pas ! Tu as fait les choses en grand ! s'exclama Émilie.

– Ah, je comprends mieux le coût du voyage ! constata Sophie.

Anne-Laure se justifia :

– Il faut ce qu'il faut pour se remonter le moral ! En plus, ce n'est pas tous les jours que nous partons en voyage ensemble !

– Je n'ai qu'une seule envie, c'est de me glisser dans le Jacuzzi !

– Moi aussi ! répliqua aussitôt Sophie.

Les filles entreprirent un tour de visite de la chambre, s'extasièrent à la vue de la salle de bains en marbre et se hâtèrent de découvrir ce qui se dissimulait dans le minibar. Elles y débusquèrent une bouteille de champagne, des cacahuètes, des pistaches et des noix de cajou. Elles installèrent leurs victuailles sur les rebords du Jacuzzi et sautèrent dans leur maillot de bain. Dans les bulles tièdes, elles poussèrent des soupirs de bien-être et de ravissement. Anne-Laure fit sauter le bouchon de la bouteille et servit les trois coupes. Elles trinquèrent à nouveau :

– À nos vacances ! annonça Émilie.

– À notre amitié ! poursuivit Anne-Laure.

– À notre liberté ! conclut Sophie.

– Cette vue est magnifique. Merci Anne-Laure, tu as vraiment bien choisi !

– Je suis hyper heureuse de faire ce voyage avec vous, s'enthousiasma Sophie, et je propose que l'on refasse cela tous les ans !

– À chaque fois que l'une d'entre nous est cocue ? interrogea Émilie avec humour.

Anne-Laure éclata de rire.

– Non, un voyage une fois par an, pour fêter notre amitié, nos retrouvailles après de longs mois et nos anniversaires. Un voyage tout en un ! Mais moins cher et moins longtemps. On ne pourra pas se permettre cela tous les ans. Même s'il ne s'agit que d'un court séjour, l'important, c'est qu'on le fasse vraiment !

– Et tu as oublié de préciser : sans homme et sans enfants !

– Exactement ! acquiesça Anne-Laure.

– C'est parfait ! approuva Sophie.

Elles trinquèrent pour sceller leur promesse. Elles burent à petites gorgées et admirèrent en silence le paysage et le scintillement de la lumière à la surface de la mer. Puis elles laissèrent leurs paupières se fermer pour mieux s'imprégner de la chaleur du soleil. Après le longues minutes de béatitude, Émilie rompit le silence :

– J'aimerais que Niko vienne me masser la nuque.

– Tu ne préférerais pas un vrai homme bien musclé ? s'étonna Anne-Laure.

– Oui, d'ailleurs, c'est pas génial du tout, ces robots qui piquent nos emplois ! ronchonna Sophie.

Émilie tenta de la convaincre :

– Mais si, c'est sympa ! Tu as vu, on n'a pas attendu. Ça fait gagner du temps et c'est marrant.

– Ce sera beaucoup moins marrant quand les humanoïdes auront volé tous nos emplois et contrôleront l'économie, l'industrie, l'armement, les médias…

– Tu vois toujours tout en noir ! la coupa Anne-Laure en soupirant.

– Non, je suis réaliste. L'intelligence artificielle sera, peut-être, cent fois ou mille fois supérieure à celle de l'homme.

Émilie reprit :

– Mais non ! On va les programmer pour qu'ils ne soient pas trop intelligents.

– Ils sont programmés pour apprendre par eux-mêmes ! Ce sera terrible, vous verrez. Ils prendront le contrôle de tout et on sera obligés d'entrer en guerre.

– Ah oui, intervint Anne-Laure. Ça me fait penser à un film que j'ai vu quand j'étais petite. Il s'agissait d'un humanoïde qui voulait être libre et indépendant. Il avait fait reconnaître ses droits auprès de la justice pour être libéré de son maître et il avait épousé une humanoïde.

– Et ils ont fait des petits ? ironisa Émilie entre deux gorgées de champagne.

Anne-Laure et Émilie éclatèrent de rire. Sophie, l'air renfrogné, poursuivit son argumentation :

– Je vous jure que ce n'est vraiment pas drôle. En plus d'être plus intelligents que nous, ils seront également plus forts physiquement. Ils n'ont même pas besoin de manger ou de dormir. Vous ne vous rendez vraiment pas compte du danger que représentent les humanoïdes.

– Ben moi, j'attends ça avec impatience ! lâcha Émilie. Dès qu'un humanoïde-assistant-de-maison existe, je l'achète pour me faire les courses, le ménage, le repassage, chercher le pain, récupérer les gosses à l'école, leur faire faire les devoirs, préparer le dîner…

– On n'aura plus besoin de faire quoi que ce soit ! s'extasia Anne-Laure.

– Est-ce que tu crois que nos employeurs accepteront qu'on envoie notre humanoïde travailler à notre place ? demanda Émilie à l'attention d'Anne-Laure.

– Mais vous n'aurez plus d'emploi ! Les employeurs n'auront plus besoin de vous ! s'exclama Sophie, horrifiée.

– Sophie a raison, admit Émilie. Il faudra trouver un emploi dans la conception ou la maintenance de robots.

– Ensuite, les humanoïdes voudront être libres, contrôler les richesses et c'est vous qui serez leurs esclaves, expliqua Sophie, qui commençait à montrer des signes tangibles de nervosité face à cette réalité qu'elle s'imaginait arriver dès la prochaine décennie.

Anne-Laure regarda Sophie de travers et tourna en dérision ses peurs qu'elle jugeait irréalistes :

– Alors, profitons de l'instant présent avant que les humanoïdes nous anéantissent, les tsunamis ou le réchauffement climatique !

Émilie s'empressa de changer de sujet de conversation avant que Sophie ne se froisse :

– Où sommes-nous ici, exactement ?

Anne-Laure la renseigna :

– Nous sommes dans un endroit que l'on appelle « les îles Sanguinaires ».

– C'est magnifique !

– C'est un spot superbe pour admirer les poissons. On ira tout à l'heure, si vous voulez.

– Oh oui ! J'ai hâte de nager parmi les poissons.

– C'est quoi, le programme de la semaine ? coupa Sophie, impatiente de découvrir ce qui l'attendait.

– Demain, on peut aller visiter une ville ou une plage. Pour après-demain, j'ai réservé… une séance de canyoning !

Emilie sourit, elle était ravie de cette nouvelle tandis que Sophie, tout à coup paniquée, demanda d'une voix fébrile :

– Qu'est-ce que c'est que ça ?

Anne-Laure lui expliqua :

– C'est une randonnée dans un torrent avec escalades, descentes en rappel, plongeons du haut de falaises, glissades sur des parois…

– Arrête ! j'ai déjà le vertige !

– Mais non, c'est tout doux, ne t'inquiète pas ! J'ai pris le parcours « famille », même les enfants peuvent le faire à partir de l'âge de sept ans.

– Ah non, ce sera sans moi !

– C'est déjà payé, Sophie !

– Tu l'as fait exprès de tout payer d'avance ?

– Oui, confirma Anne-Laure en lui adressant un sourire narquois.

– Ça va être top ! J'ai trop hâte ! Je voulais faire ça depuis des années ! Ainsi qu'une via ferrata, confessa Émilie.

– J'y ai pensé, à la via ferrata, mais je me suis dit que ce n'était pas très indiqué pour Sophie.

Celle-ci bougonna :

– On n'est pas obligées de faire tout ensemble. Vous pouvez faire une via ferrata si vous voulez. Moi, j'ai tout ce qu'il me faut ici : plage, piscine, Jacuzzi, sauna, hammam. Je n'ai besoin de rien de plus !

– Alors, on va où demain, les filles ? recadra Anne-Laure.

– On ne s'est pas renseignées, avoua Émilie. On te fait confiance aveuglément !

– OK, alors c'est moi qui décide.

Anne-Laure réfléchit un court instant puis annonça :

– Les calanques de Piana.

– Qu'est-ce que c'est ? interrogea Émilie.

– Un décor à couper le souffle. Je ne veux pas vous en dire plus, vous verrez bien. Tout ce que je peux vous dire, c'est que c'est vraiment exceptionnel. C'est l'endroit que j'ai préféré lorsque j'ai visité la Corse il y a cinq ans. Vous allez adorer !

Les filles étaient tout excitées : elles avaient hâte de découvrir les beautés de l'île. Après une heure à papoter et à barboter dans leur Jacuzzi, elles décidèrent d'aller à la rencontre des poissons. Elles attrapèrent leur masque, palmes, tuba, serviette et prirent la direction de la plage qui se situait à deux minutes à pied, juste en face de l'hôtel. Émilie aida Sophie à positionner son masque de plongée intégral et elles disparurent sous l'eau tiède. Elles croisèrent le chemin de poissons imperturbables qui évoluaient en masse parmi les touristes. Elles purent en contempler de toute forme et de toutes les couleurs. Elles débusquèrent les plus beaux, tapis dans les rochers. De retour sur le sable chaud, elles échangèrent sur leurs incroyables découvertes :

– J'ai vu Némo et Dory ! s'exclama Sophie en souriant de toutes ses dents.

– C’est dingue, il n’y a même pas besoin d’aller loin ! Ils sont là, juste à nos pieds ! Tout au bord, on en voit déjà plein ! s’extasia Émilie.

– Vous avez vu les gros à rayures jaunes ? demanda Anne-Laure.

– Oui ! répondirent les deux autres en chœur.

– Est-ce que vous avez vu les petits, en surface, avec leur long nez ?

– Oui ! clamèrent Sophie et Anne-Laure.

Elles se badigeonnèrent de crème solaire, s’allongèrent sur les transats de l’hôtel et, fatiguées par leur voyage depuis Paris, s’endormirent sous le soleil brûlant. Au bout d’une heure, Émilie ouvrit un œil et s’aperçut que Sophie était réveillée. Elle admirait silencieusement le paysage. Anne-Laure, quant à elle, dormait allongée sur le dos, la bouche ouverte. Les deux autres la regardèrent et pouffèrent de rire.

– Chuuut ! dit Sophie, tout en riant.

Émilie contempla Sophie et la trouva belle sous les rayons du soleil. Elle l’avait toujours trouvée belle, comme tout le monde, d’ailleurs. Il semblait que seule Sophie ne sût pas qu’elle l’était. Elle était pourtant d’une réelle beauté. Ses traits étaient fins, sa peau éclatante, ses dents parfaitement alignées et blanches. Son sourire, franc et généreux, réveillait n’importe qui. Elle était mince et brune. Sa chevelure fournie tombait en cascade sur ses épaules. La clarté profonde de ses yeux bleus pouvait, parfois, vous parler en silence. Ou vous tenir au silence. Pourquoi Sophie ne savait-elle pas qu’elle était belle ? Est-ce que personne ne lui avait dit ? Est-ce parce qu’elle était si humble qu'il lui était impossible d'entrevoir ce que les autres voyaient ? Ou était-ce simplement parce que Sophie n'avait pas confiance en elle ?

Du temps où Sophie travaillait en entreprise, il lui avait été difficile d'acquérir de l'assurance, de s'imposer, de faire valoir ses idées. Elle travaillait trop et jugeait que ce n'était jamais assez ou jamais assez bien. Il fallait qu'elle travaille toujours plus, qu'elle fasse toujours mieux. Quand on lui faisait des compliments, c'était comme si elle ne les entendait pas. Ils glissaient sur elle sans avoir le moindre impact positif. Elle minimisait ses réussites, ses succès. Pourquoi ? Est-ce que sa mère, dont pourtant elle était si proche, ne l'avait jamais complimentée ? Est-ce parce qu'elle n'avait jamais connu son père ? Émilie savait qu'elle n'aurait jamais la réponse à ses questions. C'est dommage, pensa-t-elle, que Sophie ne connaisse pas sa vraie valeur. Émilie adressa un sourire tendre à son amie et lui demanda d'une voix douce :

– De quoi voulais-tu me parler, l'autre jour, au téléphone, quand je t'ai annoncé que Sébastien me trompait ? Tu semblais malheureuse mais tu n'as pas voulu m'en parler.

Sophie vérifia qu'Anne-Laure dormait toujours. Elle ne voulait pas évoquer le sujet avec cette dernière, car elle savait qu'elle ne la comprendrait pas et elle avait peur de son jugement. Elle constata qu'Anne-Laure était encore assoupie, la bouche ouverte, et même qu'elle ronflait un peu. Alors, rassurée, Sophie confia à son amie :

– Eh bien… avec Nicolas, c'est de pire en pire. Il ne me regarde plus, il ne parle que de lui. Il sort tout le temps et me laisse seule. Il n'est intéressé que par ses jeux vidéo et son portable... C'est comme si je n'existais plus. Il ne m'entend pas d'ailleurs quand je m'adresse à lui. Je parle dans le vide… et il ne me répond pas.

Émilie, qui avait toujours connu Nicolas plus ou moins ainsi et pensait que Sophie l'acceptait tel qu'il était, investigua :

– Mais… est-ce qu'il n'a pas toujours été un peu comme ça ?

Sophie avait, ces derniers temps, pris conscience de certaines réalités qui lui avaient jusqu'alors échappé. Elle confessa :

– Oui, en fait, tu as raison. Je me rends compte que, finalement, j'ai toujours été malheureuse avec lui. Ça n'a jamais réellement fonctionné… Mais les reproches, je me les faisais à moi-même. Je me disais que c'était de ma faute. J'ai compris, depuis peu, que je niais mes propres besoins en essayant d'intellectualiser la situation. Tout simplement… on n'était pas faits l'un pour l'autre. On a toujours eu des valeurs, des goûts et des besoins différents. Il aime sortir, moi non. Il a besoin de briller, moi pas du tout. J'ai besoin de tendresse, il n'est pas affectueux... Comme c'est bête de se rendre compte de tout cela après quinze ans de vie commune et trois enfants ! Tu dois me trouver vraiment idiote !

Sophie baissa les yeux et scruta le sable. Elle avait honte d'elle-même.

– Non, pas du tout, Sophie, je t'assure ! Je ne te trouve pas bête du tout.

Comme Sophie se taisait, Émilie reprit :

– Tu parles au passé. Tu n'y crois plus, alors ?

– Non, je n'y crois plus. Il n'aime pas parler de ce qui ne va pas alors on n'a jamais réussi à résoudre nos problèmes. Et il n'a jamais voulu suivre une thérapie de couple.

– Qu'est-ce que tu envisages ?

Sophie marqua une pause, hésita puis livra à son amie :

– Rien. J'ai pris l'habitude de ne pas être écoutée, comprise ou même câlinée. Au départ, ça me faisait terriblement mal… d'être seule, mais… je suis habituée maintenant. Je pensais qu'il changerait, à force de lui dire ce qui me manquait ou pour me faire plaisir. Mais, j'étais naïve… on ne peut pas changer quelqu'un.

– Tu ne vas pas le quitter ? s'étonna Émilie.

– Pour aller où ? Avec mes trois gamins ?

Il semblait à Émilie que ce n'étaient pas les bonnes questions à se poser.

– T'as renoncé à être heureuse ?

Sophie ne répondit pas.

Comme c'est dommage, songea Émilie, d'être si belle et de ne pas avoir trouvé le bonheur. N'importe qui, ayant croisé Sophie dans la rue, aurait imaginé qu'une si jolie fille ne pouvait que réussir sa vie. Et pourtant, Sophie était malheureuse comme les pierres. Il y avait quelque chose qu'Émilie ne s'expliquait pas mais il semblait qu'à présent, Sophie elle-même, ne comprenait plus pourquoi elle était restée tant d'années auprès d'un homme avec lequel, au fond, ça n'avait jamais vraiment collé.

– Tu pourrais aller, dans un premier temps, chez ta maman, poursuivit Émilie.

– Non, je n'ai pas envie.

– Tu préfères rester malheureuse ?

– J'ai des moments de bonheur… avec mes enfants.

Effectivement, pensa Émilie, il ne valait mieux pas qu'Anne-Laure entende cela. Elle n'aurait pas compris et elle aurait jugé Sophie faible et lâche. D'ailleurs, cette situation ne lui serait jamais arrivée. Jamais elle ne se serait laissée enfermer dans une situation qui ne lui convenait pas. Pour Anne-Laure, la solution au problème de Sophie aurait été simple : divorcer, reprendre le travail, louer un deux-pièces. Comme disait Anne-Laure : « un problème, une solution ». Mais cette solution semblait au-dessus des forces de Sophie et Anne-Laure n'aimait pas les gens faibles. Quant à Émilie, elle s'abstenait de juger son amie, car elle savait bien que chacun avait ses propres limites, ses faiblesses, ses peurs. Elle savait que le cerveau était complexe, irrationnel et mystérieux et que, parfois, chacun pouvait agir en dépit du bon sens, sans toujours comprendre le sens de ses actes. Émilie était, en effet, une personne compréhensive : elle acceptait les autres tels qu'ils étaient. Elle ne jugeait ni leurs goûts ni leurs choix et décelait davantage leurs bons côtés plutôt que les mauvais. Malheureusement, elle pressentait qu'elle ne pouvait rien faire pour son amie si celle-ci ne voulait pas ou ne pouvait pas prendre les options qui s'offraient à elle. Et, il sembla à Émilie que son amie n'avait pas seulement renoncé à être heureuse, mais aussi qu'elle avait renoncé à croire en l'amour. Alors tous les mots, tous les arguments auraient été vains. Ainsi, Émilie se mit à penser que seule une rencontre avec un autre homme pourrait raviver la flamme intérieure de Sophie.

Les deux filles se turent. Émilie se rapprocha de Sophie et l'enlaça de son bras. Sophie posa sa tête sur l'épaule d'Émilie, qui déposa un baiser dans ses cheveux. Et, silencieuses, elles contemplèrent la mer et l'horizon.

Quand Anne-Laure émergea enfin de sa longue sieste, elle cligna des yeux et tenta d'articuler, la bouche pâteuse :

– Quelle heure est-il ?

Émilie consulta son téléphone et annonça :

– Dix-huit heures !

Anne-Laure s'étira et informa ses amies de la suite du programme :

– J'ai réservé à dîner, pour vingt et une heures, dans une paillote à cinq minutes d'ici. On a le temps d'aller profiter du spa, si vous voulez.

Émilie et Sophie s'adressèrent un sourire, se levèrent et ramassèrent leur serviette en guise d'acceptation de cette délicieuse idée. Les trois copines prirent la direction de l'hôtel où elles profitèrent du sauna et du hammam. Après cette purification du corps, Anne-Laure décida, la première, de remonter à la chambre pour se préparer. Sophie et Émilie lui emboîtèrent le pas, une heure plus tard. Tandis que ces deux dernières se pomponnaient dans la salle de bains XXL, Anne-Laure les attendait, tranquillement allongée sur le lit, en regardant les informations.

À vingt heures quarante-cinq, toutes trois étaient fin prêtes, habillées élégamment en robes, talons et pochettes. Elles claquèrent la porte de leur chambre et se dirigeaient vers l'ascenseur, quand tout à coup, Sophie tomba nez à nez avec Niko, au détour d'un couloir. Elle hurla de frayeur.

– Ah, saleté de maudit robot ! lui cria-t-elle à la figure tout en lui assenant un coup de pochette sur la tête.

Anne-Laure et Émilie éclatèrent de rire tandis que Sophie continuait de se déchaîner sur l'automate.

– Tu n'as pas honte de faire peur aux clients, comme ça !

– Je suis désolé, chère Madame, répondit Niko. Je ne voulais pas vous faire peur.

– Bah, tu peux être désolé : t'es p'tit, t'es moche, t'as pas de cœur et tu piques nos emplois !

Les rires d'Émilie et d'Anne-Laure redoublèrent face à cette situation hors du commun.

– Vous êtes très belle, vous, Madame. Si j'avais un cœur, je tomberais amoureux de vous sur-le-champ.

Sur ces mots, plutôt agréables à entendre, Sophie se radoucit :

– Bon, ça va ! Allez, du balai, tas de ferraille !

Sophie aperçut ses copines, hilares, et se mit à rire, elle aussi. Émilie et Anne-Laure prirent chacune un bras de Sophie et elles quittèrent l'hôtel, joyeuses et rayonnantes.

À la paillote *Langouste et Champagne,* le serveur les installa face à la mer. La vue était belle et il faisait bon. Elles commandèrent un apéritif et trinquèrent à leur première belle journée qui s'achevait. Sophie avait opté pour une piña colada, Émilie se délectait d'une coupe de champagne et Anne-Laure sirotait une Margarita-framboise. Les filles profitaient du paysage en silence. Anne-Laure savourait ce moment, comme elle savait toujours le faire. Elle appréciait chaque instant, comme si c'était le dernier. Comme si la bulle qu'elle s'était créée pouvait, d'un instant à l'autre, éclater ; elle le savait bien. Sophie se réjouissait de se retrouver dans un si beau cadre avec ses copines et comptait bien profiter de cette parenthèse enchantée. Émilie, quant-à-elle, pensait à ses enfants et la douleur qui s'était éclipsée, soudain, revint sournoisement l'oppresser.

Les plats arrivèrent, extirpant brusquement les filles de leurs pensées. Elles avaient commandé, à l'unanimité, un loup grillé aux petits légumes de saison. Elles se régalèrent et se laissèrent tenter par un dessert. Sophie opta pour un tiramisu à la châtaigne, Anne-Laure choisit un fiadone au citron et Émilie se laissa séduire par un carpaccio d'ananas au jus de la passion. Repues et fatiguées, elles regagnèrent leur hôtel et se couchèrent tôt, car le lendemain, elles partaient à la découverte des fabuleuses calanques de Piana.

*

Au petit matin, Sophie se réveilla la première. Elle laissa ses amies dormir, enfila sa tenue de sport et descendit prendre son petit déjeuner en terrasse. Elle s'installa à une table à l'écart des gens, dans l'endroit le plus reculé ; là où il n'y avait personne parce que c'était trop éloigné du buffet. Ce dernier contenait tout ce que vous pouviez désirer : œufs durs, œufs brouillés, saucisses, bacon, saumon fumé, yaourts, compotes, confitures, céréales, salades de fruits, viennoiseries, pains blancs, pains aux céréales, pains complets… Sophie se désaltéra avec une grande tasse de café, puis elle se servit un bol de céréales qu'elle couvrit de fromage blanc et, par-dessus, elle y versa quelques dés de fruits frais. Elle savoura son petit déjeuner et ressentit, à cet instant-là, un sentiment puissant de bien-être : la chaleur du matin était agréable, la vue, extraordinaire, et le calme environnant était bienfaisant, reposant, régénérateur.

D'ordinaire, avec ses trois enfants, le calme n'était pas souvent au programme. Sophie se souvint que du temps où elle était salariée, le chahut constant des enfants l'empêchait de penser lorsqu'elle franchissait le pas de la maison. Et le soir, épuisée, elle s'effondrait de fatigue sans avoir pris le temps de penser à elle, penser à ses envies, penser à l'avenir, penser tout court. Et c'est bien ce qui lui manquait le plus, en ce temps-là, des moments à elle pour ne rien entendre, pas un bruit, un moment de calme absolu pour être à l'écoute de ses propres besoins. Depuis qu'elle avait arrêté de « travailler », Sophie trouvait, désormais, quelques moments de calme dans ses journées quand la petite dernière faisait la sieste et que les grands étaient à l'école ; ou le vendredi, sa journée rien que pour elle. Dorénavant, elle passait ses vendredis matin à la salle de sport. L'après-midi elle méditait ou s'adonnait au yoga et au Pilates. Aussi, elle s'était mise à écrire des poèmes et des contes pour enfants. Et, un vendredi sur deux, elle accordait du temps à une association pour aider les personnes défavorisées.

Mais tous ses vendredis n'avaient rien de comparable à ce moment unique et divin que Sophie était en train de goûter. En effet, avec vue sur les toits de Saint-Cloud, les grues métalliques et le ciel gris, le moral de Sophie, malgré la méditation et le yoga, ne pouvait être à son apogée tel qu'il l'était à cet instant précis. Elle s'affaissa dans sa chaise et ferma les yeux pour mieux ressentir encore son état de béatitude. Après de longues minutes, elle se sentit en pleine forme : régénérée, vivante, heureuse. Elle ressentit alors un trop-plein d'énergie qu'elle décida d'évacuer à la salle de sport. Elle courut sur le tapis de course, procéda à une séance d'abdominaux et à quelques mouvements de jambes pour raffermir ses cuisses et ses muscles fessiers. Après une heure d'entraînement, Sophie se sentit en grande forme. Elle regagna la chambre pour voir si ses amies étaient réveillées mais elles ne l'étaient pas encore. Alors, elle leur laissa un mot sur la table et décida de prolonger son moment de bonheur en allant purifier son corps au hammam.

C'était parfait : il n'y avait personne ! Elle y installa sa serviette, laissa ses paupières glisser et s'y endormit. Un quart d'heure plus tard, elle rouvrit les yeux, sourit de félicité et s'apprêtait à quitter les lieux quand, tout à coup, elle entendit des voix :

– Ouh, ouh ! tu es là ?

Elle s'éclipsa du hammam et rejoignit ses copines qui l'appelaient. Comme elle avait l'air toute molle et qu'elle souriait bêtement, Anne-Laure lui adressa un regard coquin tout en lui demandant :

– Bah, qu'est-ce qui t'arrive ? Tu as fait l'amour dans le hammam ?

Sophie se mit à rire niaisement.

– Elle s'est fait un p'tit plaisir solitaire, renchérit Émilie en ricanant.

Sophie, totalement détendue, n'avait pas du tout envie de parler, mais elle voulait rétablir la vérité :

– Même pas ! J'ai fait du sport et je suis venue ici pendant que vous dormiez comme des baleines.

– Comme des baleines ? reprit Émilie en affichant, exprès, un air offusqué.

– Comme des baleines ? Qu'est-ce que ça veut dire ? s'étonna Anne-Laure, à son tour.

– Ça veut dire que vous avez fainéanté comme de grosses baleines.

– Ah, je ne connaissais pas cette expression !

– Pourquoi « grosses » ? s'enquit Émilie d'une voix grave.

Sophie ne se donna pas la peine de répondre et sourit à ses deux amies. D'un pas léger, elles quittèrent le spa. Émilie et Anne-Laure prirent la direction du buffet continental tandis que Sophie regagnait la chambre pour se laver et se préparer. Elles furent prêtes à onze heures, sautèrent dans la voiture de location et arrivèrent pour treize heures au restaurant *Les Roches Eternelles* où elles furent accueillies par une serveuse charmante et installées en terrasse.

Ce lieu offrait une vue panoramique sur les calanques de Piana. Les amies furent ébahies par ce décor absolument incroyable. Elles admirèrent les falaises : des roches immenses, brunes et rouges qui se dressaient vers le ciel et semblaient s'étendre à l'infini. Elles procédèrent à une séance de photos et firent même la connaissance de quelques lézards téméraires. L'endroit était unique et divin. Émilie et Sophie remercièrent Anne-Laure de leur faire découvrir cet exceptionnel paysage. Et, pour jouir de ce tableau le plus longtemps possible, elles commandèrent le menu complet : entrées, plats et desserts. Elles se régalèrent et picorèrent chacune dans le plat des deux autres.

Pour le plus grand plaisir d'Émilie, la conversation fut légère. Tandis que Sophie expliquait à Anne-Laure comment elle occupait son temps à la maison, Émilie se mit à rêver d'une carrière moins chronophage, lui octroyant davantage de temps pour s'occuper de ses enfants. Mais elle ne voyait pas du tout comment concilier une carrière de cadre à responsabilités en région parisienne avec un temps de vie familiale plus équilibré. Entre ses horaires et les temps de transport, ses enfants côtoyaient davantage les professeurs et les nounous que leurs parents. Cependant, l'idée venait de s'instiller pour la première fois, dans un recoin du cerveau d'Émilie. Puis ses pensées s'échappèrent, aussi vite qu'elles avaient surgies, pour revenir à l'instant présent. Les filles avaient terminé leur repas ; Sophie et Émilie étaient impatientes de découvrir la suite du programme que leur organisatrice de voyage personnelle leur avait concoctée.

Anne-Laure les conduisit à une crique en contrebas. La route était sinueuse et étroite, et semblait interminable aux yeux de Sophie qui avait peur, à tout instant, que la voiture en rencontre une autre en sens inverse. Stressée, elle se tenait fermement à la poignée intérieure, tout en se trémoussant sur son siège et en priant pour que la descente se passe sans encombre. Tout à coup, un quatre-quatre déboula face à elles, Sophie émit un petit cri strident tout en essayant d'écraser de son pied une pédale imaginaire ; Anne-Laure, sans se laisser perturber, géra la situation d'une main de maître. Une fois la voiture garée, Sophie soupira de soulagement. Les filles attrapèrent leur sac et leur planche de bodyboard et continuèrent la descente, à pied, jusqu'à la crique. L'endroit était magnifique, bordé de falaises brunes et rouges. Il y avait de belles vagues, ni trop grandes, ni trop petites. Elles posèrent leur sac sur le sable et se jetèrent à l'eau. L'après-midi fut léger et joyeux : les filles sautaient dans les vagues comme des enfants. Il y eut des rires, des glissades, des chutes, des éclaboussements, des quasi-noyades et des tasses ingurgitées, car il était difficile de rejoindre le rivage à cause de la forte attraction des vagues. Le soleil flamboyant déclina et plongea, peu à peu, la crique dans une belle lumière orangée.

De retour à l'hôtel, chacune se doucha et enfila une tenue confortable. Rassasiées par leur copieux repas du déjeuner, les filles n'avaient pas du tout faim. Anne-Laure et Sophie s'installèrent confortablement dans le lit « king size » et allumèrent la télévision. Émilie, quant-à-elle, voulut consulter son ordinateur et téléphone portables professionnels mais ne trouva qu'un vieil annuaire téléphonique racorni dans sa sacoche. D'abord stupéfaite, elle se retourna ensuite vers Anne-Laure et lui adressa sur un ton sec :

– Où sont mes outils de travail ?

– À Paris, répondit Anne-Laure avec détachement.

– Mais tu es folle !!! s'exclama Émilie qui sentit, tout à coup, la colère monter en elle.

– Pas du tout. Je prends soin de toi, c'est différent. Le docteur a dit : DU RE-POS !

Anne-Laure avait bien articulé et pris le temps de prononcer chaque syllabe.

Émilie ne voulait pas s'emporter contre son amie, d'autant qu'elle savait qu'Anne-Laure avait opéré pour son bien. Alors, elle respira profondément, ravala sa colère et s'allongea sur le lit, à côté de Sophie, les bras croisés sur la poitrine en signe de désapprobation. Dès la fin du film, elles se couchèrent, car le lendemain, elles devaient se lever tôt pour se rendre à une séance sportive. La soirée fut paisible, sans même un petit moustique farceur pour venir les tourmenter. Pourtant, Sophie ne parvenait pas à s'endormir. Elle était angoissée par l'initiation qui l'attendait et maugréait toute seule dans le silence de la nuit.

*

Le lendemain matin, après un copieux petit déjeuner, elles s'installèrent en voiture et roulèrent pendant plus d'une heure pour se rendre au sein du plus fabuleux des canyons de l'île. Il se situait à mille mètres d'altitude au-dessus d'un joli petit village touristique. Une fois la voiture garée, le trio rejoignit un groupe, composé d'une dizaine d'individus, qui semblait attendre. Les uns se saluaient, les autres discutaient, lorsqu'une vieille camionnette poussiéreuse et grinçante s'approcha. Un homme grand, au corps bien fait et au visage harmonieux en sortit. Il se dirigea vers le groupe pour se présenter. Il s'agissait du guide ; il s'appelait Ange. Émilie voulait intérieurement que Sophie rencontre quelqu'un d'autre, qu'elle trouve le bonheur, qu'elle refasse sa vie. Alors, elle glissa discrètement à l'oreille de son amie :

– Tu ne trouves pas qu'il est beau gosse, cet Ange ?

Sophie regarda Émilie en coin, secoua la tête et haussa les épaules. Elle ordonna à Émilie le silence car, anxieuse, elle ne voulait rien manquer des explications. Ange énonça les consignes de sécurité, la façon d'enfiler la combinaison et de s'équiper avec le matériel, puis indiqua l'itinéraire qu'ils allaient emprunter. Quand il eut terminé, il interrogea :

– Quelqu'un a des questions ?

Sophie s'empressa de lever la main.

– Moi, s'écria-t-elle. Est-ce que je peux vous attendre ici ?

Émilie intervint tout de suite :

– Ne l'écoutez pas, elle plaisante !

– Allez, on y va ! dit Ange, fermement.

La troupe suivit gaiement le moniteur, excepté Sophie qui commença à râler :

– J'ai trop chaud et le matériel pèse une tonne ! J'ai mal au dos ! Mais qu'est-ce que je fous là ?

Émilie et Anne-Laure ne lui répondirent pas et s'adressèrent un sourire de connivence. Elles avançaient plus vite que

Sophie qui, de ce fait, se retrouva à la traîne. Une femme qui avait le même rythme qu'elle, lui adressa la parole.

– C'est la première fois que vous faites du canyoning ?

– Oui, acquiesça Sophie. Je me suis fait embarquer par mes deux copines que vous voyez là devant, mais maintenant je regrette d'être venue.

– Moi aussi… j'ai un peu peur, avoua la femme.

– Vous vous appelez comment ?

– Séverine.

– Et moi, Sophie.

– C'est à cause de ce qui s'est passé l'année dernière que vous ne vouliez pas venir ?

Sophie, soudain blême, stoppa net sa marche.

– Qu'est-ce qui s'est passé, l'année dernière ? souffla-t-elle d'une voix blanche.

– Ah, vous n'êtes pas au courant ? Il y a eu des morts, ici.

– Des morts ? répéta Sophie, stupéfaite.

– Oui, tout un groupe ! Dix personnes ! Le guide a fait unc crise cardiaque fulgurante pendant le parcours. Le groupe a tenté de le sauver avec massages cardiaques et tout et tout mais rien n'y a fait. Ensuite, les gens ont décidé de rebrousser chemin et ils se sont trompés. Ils n'ont pas pris la bonne direction et se sont fait emportés par des rapides. Il n'y a eu aucun survivant.

– Stop ! Stop ! cria Sophie. Ange ! Ange ! appela-t-elle.

Elle jeta son sac à terre et courut vers lui comme une dératée.

– Je ne veux plus ! Je ne veux plus ! Laissez-moi ici !

– Ah, c'est trop tard ! rétorqua-t-il. Maintenant qu'on a commencé, vous êtes sous ma responsabilité jusqu'à la fin du parcours.

– Qu'est-ce qui te prend ? chuchota Anne-Laure.

– Il y a eu des morts, ici, l'année dernière !

– Oui, je sais.

– Tu sais ? Et tu as organisé ça quand même ?

– Rassure-toi ! Il n'y a aucune probabilité pour qu'un événement comme celui-ci se reproduise.

– Mais vous êtes folles, ma parole ! inconscientes ! suicidaires ! hurla Sophie à l'attention de ses deux amies.

– Chut, du calme ! reprit Anne-Laure. C'étaient des circonstances exceptionnelles, ce qui s'est produit l'année dernière.

– Mais qu'est-ce que tu en sais ? Tu connais l'état de santé de ce guide ? D'ailleurs, il m'a l'air un peu fatigué…

– Rhôô ! Tu exagères !

– Et s'il a Alzheimer et qu'il se trompe de chemin ?

Anne-laure soupira en haussant les yeux vers le ciel. Sophie, plus inquiète que jamais, reprit :

– Et s'il souffre de délires paranoïaques, qu'il pète un câble et nous abandonne ici ? livrés à nous-mêmes ?

– Rhôô, arrête tes bêtises ! Allez, viens !

Anne-Laure lui tourna le dos et Sophie entra dans une colère noire.

– Ne m'adresse plus la parole, lui ordonna-t-elle. Je vais le faire, votre putain de parcours et, après, je reste à l'hôtel jusqu'à la fin du séjour ! Ça m'apprendra à partir en vacances avec des écervelées !

Anne-Laure et Émilie ne relevèrent pas la grossièreté de Sophie pour éviter d'envenimer la situation et décidèrent de la laisser se calmer toute seule. Elles rejoignirent le reste du groupe qui avait poursuivi la marche sans elles. Après de longues minutes, Ange s'arrêta enfin et demanda d'enfiler les combinaisons et les casques. Quand tout le monde fut prêt, le moment du premier saut à effectuer, dans une vasque d'eau couleur émeraude, fut venu. Ange indiqua où il fallait sauter exactement. Il s'agissait d'un petit saut facile de trois mètres de hauteur pour une mise en jambes. Tout le monde s'exécuta avec bonne humeur et sans aucune difficulté excepté Sophie qui, la dernière à passer, voulut des explications :

– Où est-ce que je dois sauter ?

– Là ! indiqua Ange, là où c'est noir.

– Mais je vois tout noir !

– Là ! montra-t-il encore.

– Mais si je vise mal ? s'inquiéta Sophie.

– Ce ne sera pas grave, lui assura Ange, mais c'est mieux si tu sautes là où je te dis.

Sophie le regarda droit dans les yeux et d'un air soupçonneux, investigua :

– Au fait, je me demandais à tout hasard : vous avez pensé à faire un bilan de santé récemment ?

Ange fut surpris par la question et, par chance, fut interrompu avant d'avoir à y répondre.

– Allez !!! hurlèrent Anne-Laure et Émilie en chœur.

Sophie s'énerva :

– Taisez-vous, les traîtresses ! Je vous interdis de m'adresser la parole !

Ce n'était effectivement pas très haut. Sophie ne se fit pas attendre plus longtemps et sauta en hurlant à gorge déployée. Tout le monde se mit à rire.

Puis la troupe progressa à travers les rochers glissants. Il fallait avancer prudemment et, parfois, à quatre pattes ou sur les fesses, pour ne pas tomber. Les petits sauts s'enchaînèrent, puis vint le moment d'un saut plus haut : six mètres. Encore une fois, tout le monde s'exécuta sans réticence. Seule Sophie avait besoin d'être rassurée.

– Où est-ce qu'il faut sauter ? demanda-t-elle.

Ange le lui indiqua.

– Mais c'est hyper loin ! je ne vais pas y arriver avec mes petites jambes !

Dépité, Ange secoua la tête : Sophie n'avait pas de si petites jambes que ça.

– Je vais te pousser un peu quand tu sauteras, s'obligea-t-il à dire pour la sécuriser.

Sophie était effrayée mais elle avait envie de se surpasser, de se prouver qu'elle était capable de le faire, et elle ne voulait pas ralentir le groupe qui attendait patiemment dans l'eau. Alors, elle compta jusqu'à trois à haute voix et se jeta dans le vide en hurlant. Il y avait une façon de sauter, comme l'avait indiqué Ange : les jambes serrées, les bras repliés en croix sur la poitrine ; mais Sophie, empêtrée dans sa peur, ne se rendait absolument pas compte qu'elle sautait n'importe comment. Elle offrait ainsi un spectacle divertissant pour le reste du groupe.

La troupe continua de progresser dans le parcours entre sauts et descentes de toboggans naturels, quand vint le moment d'un exercice un peu différent. Sophie, située à l'arrière de la file, ne pouvait pas voir ce qui se passait devant et, de toute façon, elle était en pleine conversation avec Séverine. Quand ce fut au tour de Sophie, Ange lui ordonna d'un ton ferme :

– Tu te mets face à moi et tu t'assois. Je vais te pousser les pieds et tu vas descendre la paroi sur le dos, la tête en bas.

– Tu déconnes !!! lâcha Sophie, effarée.

– Non ! dit Ange, qui saisit Sophie d'autorité par les bras, la plaça dans la bonne position et appuya fermement sur ses épaules pour qu'elle s'assoie. Puis il la poussa énergiquement par les pieds.

Il ne lui avait pas laissé le temps de réfléchir, car il savait que, sinon, il en aurait eu pour de longues minutes de discussions et d'explications. Sophie s'égosilla, plongea la tête la première dans l'eau, réapparut rapidement à la surface et reprit ses esprits. Et finalement, elle se dit que cette descente s'était passée très vite. Trop vite, peut-être, osa-t-elle même regretter.

La randonnée se poursuivit, Émilie et Anne-Laure en tête de peloton et Sophie toujours derrière, au côté de Séverine. Enfin, l'avant-dernière épreuve était arrivée. Il s'agissait d'une descente en tyrolienne. Séverine affirma aussitôt à Sophie :

– Bon, c'est le plus facile.

– Tu rigoles ? répliqua Sophie, effrayée.

– Tu n'as jamais fait d'accrobranche ?

– Non !

Séverine tenta de la rassurer.

– Il n'y a pas de quoi avoir peur. Tu as fait le plus difficile. Là, il suffit juste de se laisser glisser.

– Ça va vite ?

– Non, mentit Séverine, qui n'en savait strictement rien.

– Ça a l'air d'aller vite, remarqua Sophie, angoissée.

– C'est une illusion d'optique. Tu peux le faire, c'est plus facile que tout ce que tu as déjà fait.

Sophie demanda à Ange :

– Il y a un moyen de contournement ?

– Le seul moyen, si tu ne veux pas faire la tyrolienne, c'est de sauter… Il y a environ quinze mètres de hauteur, s'amusa-t-il à préciser.

Sophie lui lança un regard noir et répliqua, résignée :

– Bon ! puisque mes deux copines veulent ma mort aujourd'hui, allons-y !

Elle s'accrocha avec les mousquetons et s'élança, toujours égale à elle-même, en hurlant. Arrivée saine et sauve en bas, Séverine la félicita et Sophie ressentit un agréable sentiment de fierté.

Tout le monde parvint enfin à la dernière épreuve : un saut de dix mètres de hauteur. Ange annonça à Séverine et Sophie :

– Vous deux, vous ne pouvez pas sauter.

Sophie, contente, ne demanda pas son reste mais Séverine voulut des explications :

– Pourquoi ? demanda-t-elle, intriguée.

– Parce que vous ne savez pas sauter. Vous n'avez pas la bonne position. Ce saut est trop dangereux pour vous.

Séverine était déçue, Sophie était ravie. Elles s'assirent et regardèrent les autres sauter, un à un. Quand ce fut au tour d'Anne-Laure, Sophie, dans un esprit de vengeance, ne put s'empêcher de lui lancer :

– Ta dernière heure a sonné !

Tandis que Séverine et Sophie ricanaient bêtement, Anne-Laure ne s'offusqua pas et sauta d'un bond, sans tergiverser.

Puis ce fut au tour d'Émilie. Au bord du précipice, elle tentait de maîtriser sa peur en se concentrant sur sa respiration. C'est alors que Sophie, pour tenter de la déstabiliser, lui adressa sur un ton moqueur :

– Il est interdit de faire pipi dans la combi !

– Ta gueule ! lâcha Émilie, qui sentait ses jambes flageoler.

Séverine et Sophie pouffèrent de rire ; Ange leur adressa un regard noir. Enfin, Émilie rassembla tout son courage et bondit en s'époumonant.

– Ah, ça fait plaisir ! il n'y a pas que moi qui hurle, ici ! fit remarquer Sophie.

L'équipe remonta, à la force des bras et attachée à une ligne de vie. Le parcours était terminé. Elle avait gagné le droit de se baigner dans les vasques d'eau turquoise. Tout le monde quitta sa combinaison, se jeta à l'eau et profita de ce moment délicieux. Les uns nageaient, les autres s'éclaboussaient. Enfin, ce fut l'heure de rebrousser chemin. Ange conduisit sa petite troupe, dont il était responsable, jusqu'au point de rassemblement initial sur le parking. Les gens commençaient à le remercier et à se saluer avant de prendre congé, lorsque Ange déclara haut et fort :

– Bravo à Sophie, qui a eu le courage de relever tous les défis en dépit d'une légère appréhension !

Sophie apprécia l'euphémisme et répondit modestement :

– Je n'ai pas eu trop le choix !

Le groupe l'applaudit. Il y eut des « bravo », « t'es la meilleure », « tu l'as fait ! ». Certains, vinrent lui serrer la main pour la féliciter, tandis qu'un dernier lui adressait un compliment ambigu : « Tu nous as offert un spectacle très divertissant ! » Sophie éprouva un mélange de gêne et de satisfaction. Elle remerciait tout le monde quand Ange vint lui glisser à l'oreille : « Aucun saut ou épreuve n'était obligatoire. Il y a un moyen de contournement pour chacun. » Sophie, déconcertée, resta sans voix. Ange lui sourit et lui dit « au revoir ». Elle ne put que répondre « au revoir » en écho. L'homme, grand, au corps bien fait et au visage harmonieux, monta dans sa camionnette et disparut ; Sophie eut un pincement au cœur.

– Bravo, championne ! la complimenta Anne-Laure.

– Allons boire un verre pour fêter ça ! proposa Émilie.

Il y avait là, sur le parking, une boutique de souvenirs proposant des rafraîchissements. Elles y pénétrèrent et s'installèrent en terrasse, au soleil. Anne-Laure commanda un monaco, Émilie un perroquet et Sophie un spritz. Elles trinquèrent à cette belle victoire de Sophie. Cette dernière, penaude, voulut faire son mea-culpa :

– Je suis désolée, les filles, de vous avoir traitées d'écervelées. C'est la peur et le stress qui m'ont fait dire des choses épouvantables.

– Moi, je ne te pardonnerai jamais ! affirma Anne-Laure, sur un ton sec.

Émilie la rassura :

– Non, t'inquiète ! Il en faut cent fois plus pour qu'Anne-Laure soit fâchée. C'est une vraie toile cirée ; tout glisse sur elle. Par contre, moi, je retiens que nous sommes de « grosses baleines écervelées et traîtresses ».

– Ben… c'est beau, les baleines, c'est majestueux ! Et en voie de disparition donc rares. Voilà, vous êtes rares et majestueuses !

– Je préfère ça ! approuva Anne-Laure.

– Moi aussi, acquiesça Émilie.

Elles se sourirent et trinquèrent à nouveau :

– À ton exploit !

– Tu es contente de toi ? lui demanda Émilie.

– Oui, je dois avouer que finalement… j'ai aimé !

– Alléluia ! cria Anne-Laure.

– Elle est prête pour une via ferrata !

– Ah non, jamais de la vie ! Je vous préviens que si vous voulez m'emmener faire une via ferrata, je me casserai une jambe, exprès, avant de partir !

Les filles profitèrent du paysage, des rayons du soleil, du calme environnant et sirotèrent en silence. Puis Sophie se leva et se dirigea vers le présentoir de cartes postales qu'elle avait repéré en entrant. Après quelques minutes, elle revint vers ses amies, leur offrit des cartes et des timbres et en conserva quelques-unes pour elle. Alors, elles se mirent à écrire : Anne-Laure à ses parents, Émilie à ses enfants, Sophie à son mari et à ses « Trois Merveilles ». Quand l'atelier « écriture » fut terminé, elles se levèrent et décidèrent de regagner leur hôtel.

Elles se trouvaient toutes les trois à bord de leur Jacuzzi privatif pour se délasser et éviter les courbatures. Depuis une demi-heure, elles profitaient de ce moment de détente tout en admirant le paysage, lorsque Anne-Laure rompit le silence :

– Je note quelque chose de très significatif, les filles.

– Quoi ? demandèrent-elles, en chœur.

– Vos maris et vos enfants ne vous manquent pas !

– Pourquoi tu dis ça ? s'enquit Sophie, stupéfaite.

– Parce que vous n'en parlez pas et, en plus, vous ne leur avez pas encore téléphoné.

– Mais si, bien sûr ! Tu crois qu'on fait quoi, pendant que tu barbotes dans le Jacuzzi, que tu es fourrée au hammam ou à la salle de sport ?

– En tout cas, vous n'en parlez pas. Je n'ai pas entendu une seule de vous deux se plaindre que ses enfants lui manquent…

– On ne t'en parle pas, pour éviter de te faire de la peine parce que toi… tu n'as ni mari, ni enfant, expliqua Émilie.

– Oh, mais c'est un choix ! Rassurez-vous, vous pouvez me parler de vos maris et de vos enfants.

– Pourquoi, d'ailleurs, ne veux-tu pas de mari ni d'enfant ? demanda Sophie, intriguée.

– Parce qu'on veut toujours ce qu'on n'a pas et qu'on est malheureux quand on l'a. L'être humain est ainsi fait ! Il n'est jamais heureux de sa situation et aspire toujours à autre chose. Moi, je me satisfais de ce que j'ai déjà !

– Tu ne réponds pas à la question, insista Sophie, qui voulait absolument comprendre d'où pouvait bien provenir ce renoncement au couple et aux enfants.

– Ça ne sert à rien, tout simplement ! On est heureux en couple seulement les premières années, après on est frustrés et après, on divorce. Je veux m'épargner toutes ces phases non indispensables à mon bonheur.

Émilie et Sophie s'adressèrent un regard empreint de stupéfaction.

– Pas nécessairement. Il y a des couples heureux, rétorqua Sophie.

– Ah oui ? Tu en connais ?

Anne-Laure fixa Sophie droit dans les yeux. Celle-ci baissa la tête et balbutia :

– Non… pas personnellement… mais ça doit exister !

– Tu te rappelles de tes cours de marketing ?

– Oui.

– Tu te souviens de la courbe de vie du produit ?

– Oui.

– Eh bien, le couple, c'est pareil : phase ascendante puis phase descendante.

Anne-Laure mima la courbe de son index.

– Je ne savais pas que tu étais si cynique, observa Sophie. Je croyais que tu profitais de la vie, sans souci et avec légèreté.

– Et c'est exactement ce que je fais grâce au fait de n'avoir ni mari, ni enfant ! Comme ça, je ne vis ni dispute, ni désillusion, ni dépression. Je n'entends ni cri, ni pleur, ni reproche. Et d'ailleurs, je tiens à dire que je ne suis pas cynique, mais réaliste !

Émilie et Sophie se regardèrent, interloquées. Après un instant, Sophie reprit :

– Je suis sûre qu'il existe des couples heureux. Il me semble qu'un couple seulement sur trois divorce.

– Peut-être que les deux autres couples ne divorcent pas, mais ils ne sont pas nécessairement heureux pour autant. Tu sais bien, Sophie, qu'il y en a plein qui ne veulent pas divorcer à cause de problèmes financiers ou pour les enfants, ou pour toute autre raison qu'ils s'inventent.

Sophie, touchée en plein cœur, se tut. Émilie, à la vue de son amie dépitée, intervint :

– Ne l'écoute pas ! Bien-sûr qu'il y a plein de couples heureux ! J'en connais plein, moi !

Sophie ne parlait plus ; Émilie lança un regard réprobateur à Anne-Laure :

– Non, mais ça va pas de me déprimer ma petite Sophie, comme ça ! Allez, dis-lui, que ça existe les couples heureux !

– Mais oui, Sophie, ça existe... mais « plein », je ne suis pas sûre !

Émilie fronça les sourcils, Anne-Laure soupira.

– Bon OK. J'admets que j'en connais, moi aussi, quelques-uns.

Émilie et Sophie se taisaient. Anne-Laure qui n'aimait pas vraiment les silences imposés, déclara :

– Comme je vois que j'ai plombé l'ambiance, je vous offre une tournée de cocktails pour me faire pardonner.

Sophie, abattue, refusa cette proposition :

– Bof, je n'ai pas très envie. En plus, cette journée canyoning m'a épuisée !

– Allez, les filles ! Nous sommes là justement pour nous évader de notre quotidien, alors profitons-en !

– Allez, viens Sophie, dit Émilie, en lui prenant le bras d'autorité.

Elles s'extirpèrent du Jacuzzi et Émilie tira énergiquement Sophie vers la chambre.

– Fais-toi belle, on sort. Et tu sais quoi ? On va la faire boire pour lui tirer les vers du nez. Moi aussi, je veux savoir pourquoi Anne-Laure est si cynique au sujet de l'amour. Ça ne lui ressemble tellement pas, elle qui est si douée pour le bonheur ! Il y a autre chose là-dessous…

– Tu as raison, approuva Sophie. On va lui faire boire des verres pour lui tirer les vers !

Sophie sourit et Émilie s'en félicita. Elles enfilèrent une robe et partirent à la recherche d'un bar dans le centre-ville d'Ajaccio. Elles débusquèrent un bar à vins qui servait des planches de charcuteries et de fromages corses. Le décor était agréable, c'était parfait ! Les murs étaient tous peints en noir et, par-dessus, comme à la craie, des expressions corses et leur signification, étaient inscrites. Les tables et les chaises étaient hautes. Des planches de bois, sur lesquelles étaient entreposées des bouteilles de vin, recouvraient tout un mur. Des lampadaires distillaient une lumière tamisée et quelques alambics servaient de décoration.

Le propriétaire de l'établissement vint à elles pour les accueillir et se présenter. Il s'appelait Antone. Il les installa et leur présenta la carte. Il y avait trois tailles de planches : petite, moyenne ou grande. Elles optèrent pour le grand format. Elles se firent conseiller sur le choix du vin. Antone leur proposa trois vins différents. Émilie adressa un regard de connivence à Sophie et signifia au serveur qu'elles goûteraient les trois. Antone disparut en cuisine ; les filles prirent leurs aises et jetèrent des coups d'œil aux alentours, intriguées par la décoration et l'atmosphère chaleureuse qui émanait de ce lieu. Quelques minutes plus tard, Antone leur apporta le premier breuvage et leur indiqua la provenance, le cépage, l'année. Les filles trinquèrent et se délectèrent, cherchant à retrouver les arômes évoqués par Antone. Leur humeur était revenue au beau fixe. Émilie taquinait Sophie à propos du bel Ange en lui affirmant qu'elle lui avait tapé dans l'œil. Sophie se défendait en disant que ce n'était pas vrai. Émilie insistait en l'informant qu'elle avait son numéro de téléphone professionnel, que ce serait très simple de le contacter pour lui proposer de les rejoindre. Sophie refusa catégoriquement. Heureusement, la planche arriva, accompagnée du deuxième type de vin recommandé par Antone et sauvant Sophie d'une conversation qu'elle ne voulait pas avoir. Elles avaient, sans doute, vu trop grand : la planche était immense et entièrement recouverte de Lonzu, de Coppa, de Panzetta, de terrine de sanglier, d'olives, de Brocciu, de Bastelicacciu, de Niolu, de Venachese, de pain grillé et de confiture de figues. Les filles s'échangèrent des sourires de gourmandise.

Elles commençaient à picorer quand Anne-Laure se leva et se dirigea vers les toilettes. Émilie la suivit du regard puis déversa son verre dans celui d'Anne-Laure à moitié vide. Quand cette dernière revint, elle ne s'aperçut de rien. Le maître des lieux venait, de temps en temps, à leur table pour leur donner des explications sur ce qu'elles étaient en train de goûter : de quel type de fromage il s'agissait, dans quelle région ou encore comment et à quelle saison on le fabriquait. L'homme était calé sur tous les sujets : vins, charcuteries, fromages. C'était agréable qu'un commerçant connaisse si bien ses produits et qu'il en partage tous les secrets avec ses clients. C'était un passionné, avenant et sympathique, qui s'intéressait au bien-être de sa clientèle et cela était fort appréciable. La dernière tournée de vin que les filles avaient commandée, arriva. Elles cherchèrent, encore une fois, à retrouver les arômes décrits par Antone mais elles n'étaient pas très connaisseuses en la matière. Tout ce qu'elles pouvaient dire, c'est qu'ils étaient tous les trois différents mais tous les trois délicieux. Elles ne parvinrent pas à terminer la planche et Antone leur proposa d'emporter le reste dans un « doggy bag ». Pour conclure ce repas, il leur offrit une liqueur de myrte en guise de digestif.

– Et toi, il ne te tente pas, le bel Ange ? lança soudain Sophie, à l'attention d'Anne-Laure.

– Comme je vous l'ai déjà expliqué : je ne veux pas d'emmerdes. Je suis libre et fière de l'être !

– C'est ça ! ironisa Émilie.

– Et tu as formé un club ? Le club des solitaires et fières de l'être ? railla Sophie, à son tour.

– Mais je ne suis pas seule et je déteste la solitude. J'ai des tonnes de connaissances, de copains, de copines et quelques amies. Des anciennes copines de boulot, des copines du club de danse et une copine globe-trotteuse, avec laquelle je fais tous mes voyages ou presque.

– Tu as bien dû avoir au moins un amoureux, une fois dans ta vie ? s'enquit Sophie.

– Ben oui, bien sûr ! Je ne suis pas la Vierge, non plus !

– Alors… raconte ! trépigna Sophie d'impatience.

L'esprit d'Anne-Laure vagabonda quelques minutes puis, les yeux dans le vague, elle se mit à raconter :

– Il s'appelait Marc. Il était beau, grand. On s'était rencontrés à la fac, en deuxième année, et on ne s'est pas quittés pendant cinq ans.

Anne-Laure marqua une pause.

– Et après ? relança Sophie.

– Il a disparu, lâcha Anne-Laure, dans un souffle.

– Disparu ? s'exclamèrent, en même temps, les deux autres.

Anne-Laure qui n'avait, jusqu'à cet instant, jamais éprouvé ni la force ni l'envie de raconter cet épisode de sa vie à quiconque, rassembla son courage et expliqua à ses amies :

– Nous étions en voyage en Thaïlande. Il était parti se baigner ; pendant ce temps-là, je bronzais sur la plage et je me suis endormie. Quand je me suis réveillée, il avait disparu.

Émilie et Sophie étaient abasourdies. Émilie eut, tout à coup, la chair de poule et Sophie sentit un frisson bref et intense lui parcourir le dos. Anne-Laure poursuivit son histoire :

– Les autorités locales ont procédé à une enquête, mais ils n'ont jamais réussi à apporter la preuve de quoi que ce soit, car ils n'ont jamais retrouvé de corps. Ils m'ont dit tout et son contraire : qu'il ne m'aimait plus et qu'il était parti, qu'il s'était fait piquer par une méduse-boîte, dévorer par un requin, ou encore qu'il avait eu une crampe pendant qu'il nageait et qu'il s'était noyé. J'ai tout entendu, on n'a jamais eu aucune preuve… et il n'est jamais revenu.

Sophie et Émilie ne savaient plus quoi dire. Une larme roula sur la joue d'Anne-Laure. Ses deux amies l'étreignirent et l'embrassèrent pour tenter de calmer sa peine. Mais l'alcool fit son effet et un flot continu et puissant de larmes s'échappait, à présent, de l'âme endolorie d'Anne-Laure. Quand elle put enfin se calmer, elle précisa :

– Vous savez, les filles, il n'est pas parti avec quelqu'un d'autre. C'est impossible, on s'aimait à la folie !

– C'est sûr, affirma Émilie. Il a dû lui arriver un accident.

Sophie eut honte d'elle-même d'avoir insisté. Et Émilie pensa qu'elle aurait mieux aimé ne pas savoir car, soudain, elle se sentait stupide et désemparée. Elle ne savait pas comment soulager la peine de son amie et se sentait terriblement mal de lui avoir causé du chagrin inutilement.

– Allez, viens, on rentre ! chuchota Émilie à l'oreille de son amie. Il est l'heure d'aller se reposer après cette longue journée.

Elles remercièrent Antone pour son accueil chaleureux, prirent leur « doggy bag » et le chemin de l'hôtel.

*

Le lendemain matin, toutes les trois réunies autour de la table du petit déjeuner, les filles décidèrent du planning pour leurs quatre derniers jours sur l'île de Beauté. Anne-Laure se souvint d'une crique à Isollela qu'elle avait beaucoup appréciée et proposa cette idée à ses amies. Sophie voulait absolument découvrir Calvi et Bonifacio, et Émilie ne voulait pas repartir sans avoir foulé le sable de la fameuse « plage d'argent ». Anne-Laure avait tant vanté la richesse des fonds de la crique d'Isollela qu'elles voulurent s'y rendre le jour même. Elles s'allouèrent un copieux petit déjeuner, ce qui leur permettrait de ne pas avoir faim à midi et de limiter ainsi les dépenses de restauration. C'était ce qu'elles faisaient depuis leur arrivée : deux repas par jour au lieu de trois. Puis Sophie réussit à motiver Émilie pour l'accompagner à la salle de sport mais elle ne parvint pas à convaincre Anne-Laure, qui préférait profiter du hammam et du sauna. Arrivées à la salle de fitness à la décoration hyper moderne et aux machines « high-tech », chacune prit place sur un tapis de course et Émilie s'empressa d'ouvrir la discussion :

– Il n'était pas mal cet Antone, tu ne trouves pas ?

– Arrête tout de suite, Émilie ! Je ne suis pas intéressée.

– Pourquoi ?

– Parce que je ne cherche personne.

– Tu vas rester malheureuse avec Nicolas jusqu'à la fin de tes jours ?

– Je ne sais pas mais, si je quittais Nicolas, ce ne serait pas pour me jeter directement dans les bras d'un autre.

– Ça, tu ne le sais pas ! Un coup de foudre…

– Oui, eh bien, ça fait quinze ans que je n'ai pas eu de coup de foudre !

– Belle comme tu es, tu n'as jamais eu de propositions ?

– Non, jamais.

– C'est curieux… Tu n'as jamais remarqué que tu plaisais à un homme ?

– Non… Je ne sais pas… Je ne regarde pas.

– Ben, ouvre bien grands les yeux, désormais, Sophie ! Je ne peux pas croire qu'une aussi jolie fille que toi n'ait jamais eu d'opportunité !

– Comme je te le répète, je ne cherche personne.

À ce moment, d'autres vacanciers firent leur apparition dans la salle de sport. Les filles ne pouvaient plus parler de leur vie personnelle, ce qui arrangea Sophie. Elles se concentrèrent, alors, chacune sur leur effort physique. Sophie marchait de façon rapide tandis qu'Émilie courait. Celle-ci ne pratiquait aucun sport d'ordinaire mais là, sur le tapis de course, ça lui faisait du bien de se dépenser. Elle courut de plus en plus vite, le volume de la musique à fond dans le casque vissé sur ses oreilles. Elle se concentrait sur sa course et sa vitesse pour éviter de penser. Car ses pensées la ramenaient invariablement aux mêmes choses : Sébastien, sa tromperie, la colère, la tristesse. Arriverait-elle à pardonner ? Il y avait trop de colère en elle pour qu'elle puisse pardonner. Pour l'instant, c'était impossible et elle ne savait pas si, un jour, elle y parviendrait.

Après une séance d'une heure, elles décidèrent de rejoindre Anne-Laure, mais celle-ci ne se trouvait ni au hammam ni au sauna. Elles tentèrent de la débusquer à la piscine extérieure de l'hôtel et, effectivement, c'était là qu'elle était en train de barboter. Elles extirpèrent leur maillot de bain de leur sac et rejoignirent leur amie. Sophie et Anne-Laure discutèrent ensemble au bord de la piscine tandis qu'Émilie poursuivait sa matinée sportive : elle enchaînait les allers-retours en brasse coulée. Au bout d'une demi-heure, Anne-Laure intervint :

– Eh ! Laure Manaudou, t'as fini ?

Émilie stoppa enfin sa course folle et rejoignit les filles.

– Eh bien, qu'est-ce qui t'arrive ? Tu te prépares pour les Jeux olympiques ?

Émilie esquissa un sourire radieux.

– Non, ça m'a fait du bien. Je suis en pleine forme !

Elles sortirent de l'eau et s'installèrent sur les transats. L'exercice avait chassé les idées négatives d'Émilie et le brouillard diffus qui stagnait dans sa tête avait disparu. Le surplus d'oxygène respiré pendant l'effort avait dissipé tout cela et fait place nette. Émilie, l'esprit libéré, se sentait à présent, légère et sereine. Elle laissa ses paupières se fermer et son corps dorer sous les rayons brûlants du soleil.

Dans l'après-midi, Anne-Laure conduisit les filles à la crique d'Isollela qu'elle avait tant appréciée cinq ans auparavant. C'était toujours aussi beau ; aussi beau que dans ses souvenirs. Le fond était très riche en poissons de toutes sortes, en rochers, en coraux et oursins violets. Les trois amies avaient commencé leur plongée groupées puis, se laissant attirer par les merveilles qu'elles découvraient au fur et à mesure de leur nage, elles s'étaient dispersées. Parmi les sars, les daurades, les girelles, les marbrés, les saupes et toutes sortes de poissons qu'elles ne savaient pas nommer, Anne-Laure eut la chance de rencontrer un poulpe ; Émilie, une grande étoile de mer rouge et Sophie, une seiche. Anne-Laure regagna sa serviette la première. Émilie la rejoignit quelques minutes plus tard en s'émerveillant :

– C'est extraordinairement riche en poissons !

Elle embrassa son amie sur la joue pour lui signifier sa reconnaissance de lui faire découvrir un si bel endroit. Sophie ne montra pas son museau ; comme un poisson dans l'eau, elle avait disparu. Anne-Laure admirait le paysage en silence. Sophie ne semblait pas vouloir réapparaître ; Émilie en profita pour prendre son courage à deux mains. Elle caressa les cheveux de son amie et, sans être certaine de savoir si c'était le bon moment pour cela, lui prit la main et se lança :

– Il faut que tu fasses ton deuil.

– De quoi tu parles ? rétorqua Anne-Laure, troublée par cette lourde injonction qui venait tout à coup obscurcir la beauté de ce paysage.

– De Marc.

Anne-Laure se taisait.

– C’est parce qu’il n’y a pas eu de cérémonie que tu n’as pas pu faire ton deuil ?

Sans quitter l’horizon des yeux, Anne-Laure opina du chef. Son amie avait vu juste.

– Tu es toujours dans l’espoir qu’il revienne un jour, mais… tu dois te rendre à l’évidence.

Malgré le mutisme de son amie et le mal qu’elle pensait lui infliger, Émilie trouva néanmoins la force de poursuivre :

– Tu dois tourner la page, maintenant ; retrouver un nouvel amoureux, avancer.

Anne-Laure lui répondit paisiblement :

– Je n’ai pas envie d’un nouvel amoureux. Je n’en ai pas besoin.

– D’accord, concéda Émilie, mais il faut qu’on organise une cérémonie. Pourquoi ses parents ne s’en sont pas chargés ?

Anne-Laure, sans manifester la moindre émotion, expliqua :

– Ils ont également l’espoir qu’il revienne un jour.

– Vous devez tous accepter la réalité… pour pouvoir avancer.

– Je sais, acquiesça Anne-Laure, dans un souffle. Ce serait mieux… sans doute.

– Tu veux que je t’aide à l’organiser ou tu veux que je l’organise à ta place ?

– Je ne peux pas m’y résoudre. Fais-le pour moi, s’il te plaît.

Le duo se tut. Un lourd silence s'installa. Anne-Laure aurait voulu laisser le passé derrière elle mais il avait été imposé à son esprit alors même qu'elle s'employait à l'oublier depuis tant d'années. Elle confia à son amie, davantage pour satisfaire sa curiosité que par besoin :

– Ce n'était pas seulement un amoureux. Nous nous étions fiancés… juste avant de partir pour la Thaïlande. Nous étions vraiment des âmes sœurs. Il était doux, gentil, compréhensif, drôle. Nous avions les mêmes goûts, toujours, pour tout. Nous ne nous sommes jamais disputés…

– D'où vient ton hostilité à l'égard des hommes, alors ? s'étonna Émilie.

Anne-Laure hésita à renseigner son amie afin d'éviter de la confronter à des sentiments récents et douloureux mais Émilie avait besoin de savoir alors elle lui répondit avec honnêteté :

– Mon père a trompé ma mère lorsque j'étais jeune. C'est un très mauvais souvenir pour moi. Quand ma mère l'a découvert, il y a eu des cris, des pleurs, des scènes horribles et interminables à la maison. Leur mauvaise entente a duré des années. C'était difficile pour mon frère et moi. On ne comprenait pas, on était trop jeunes et on n'avait pas envie qu'ils se séparent.

– Je comprends, murmura Émilie avec compassion.

– Il ne l'a même pas trompée avec une belle femme ; elle était moche… C'était sa secrétaire, lâcha Anne-Laure, dans une grimace de dégoût.

– Ah, le bon vieux cliché de la secrétaire ! répliqua Émilie sur un ton humoristique, pour tenter de détendre l'atmosphère.

Mais cette remarque n'eut pas l'effet escompté. Alors, Émilie s'empressa d'enchaîner :

– Pourtant, ils ne se sont pas séparés ?

– Non, ma mère lui a pardonné mais ça a pris des années. Il y a eu une mauvaise ambiance à la maison pendant très longtemps.

– Et toi ? Tu lui as pardonné ?

– Oui, mais ça a pris du temps. J'ai longtemps pensé comme une enfant.

– Et depuis, tu as une mauvaise image des hommes ?

– Malgré moi… certainement.

– Pourtant, tu avais réussi à faire confiance à Marc ?

– C'est vrai… Marc n'était pas comme les autres.

– Qu'avait-il de particulier ?

– Il était tendre, gentil, prévenant…

– D'autres peuvent l'être aussi, tu sais.

– Je sais bien, avoua Anne-Laure. Je n'en ai pas rencontré.

– Parce que ton cœur est fermé… pour l'instant.

Anne-Laure voulut préciser :

– Parce qu'après l'histoire de mes parents puis la disparition de Marc, je n'ai plus eu envie de rencontrer qui que ce soit. On a le droit d'être heureuse autrement qu'en couple, non ?

– Oui, accorda Émilie.

Elle respectait le choix de son amie mais Émilie, quant-à-elle, ne concevait pas la vie sans un compagnon à ses côtés. Même si la trahison de son mari l'avait profondément blessée, elle savait qu'elle ne tirerait jamais un trait sur l'amour et sur les hommes. Elle se connaissait assez pour savoir qu'elle avait besoin d'aimer et d'être aimée en retour pour se sentir heureuse et épanouie, comme elle l'avait tant été autrefois avec Sébastien.

Cette conversation avait éclairé Émilie sur la colère que ressentait Anne-laure envers les hommes. Les haïr l'avait aidé à surmonter son chagrin suite à la disparition de Marc. S'accrocher à sa colère lui avait permis de se détacher de sa tristesse. Ce transfert avait été son exutoire. Elle avait pardonné à son père, pensa Émilie ; il fallait, maintenant, qu'elle fasse le deuil de son fiancé pour, enfin, refermer la parenthèse de cette colère toxique, qui l'empêchait d'établir de nouvelles relations avec les hommes.

Sophie fit enfin son apparition, tout sourire. La joie lui allait bien, elle était rayonnante. Les filles lui sourirent en retour. Émilie était ravie d'être là, entourée de ses deux amies, et pensa qu'effectivement Anne-Laure avait eu une excellente idée en proposant de partir en vacances. Idée qui, pourtant, lui avait paru tellement incongrue, au départ.

Les jours suivants, le trio partit à la découverte des merveilleuses citadelles de Calvi et Bonifacio, et de la « plage d'argent ». Les trois derniers jours passèrent vite, trop vite. Déjà, le moment était venu de quitter cette île inoubliable et de regagner Paris. Mais avant, pour leur dernier soir, Anne-Laure voulut absolument faire découvrir à ses amies, et à elle-même, une autre image de la culture et de l'identité régionale, celle du chant polyphonique corse. Émilie rechigna, prétextant que « c'était pour les vieux » ; Sophie, quant à elle, était ravie de pouvoir mieux connaître la culture insulaire.

Émilie se laissa entraîner sans entrain par ses deux amies jusqu'à l'église Saint-Érasme d'Ajaccio. Elle râlait intérieurement et priait pour que cela ne dure pas trop longtemps quand, enfin, un groupe composé de six hommes commença à chanter. Immédiatement, la musique et les voix résonnèrent dans toute l'église et dans tout le corps d'Émilie. Soudain, tout son être fut submergé de sensations intenses. Elle fut saisie à vif, transpercée, irradiée, tétanisée. Elle eut des frissons, la chair de poule et, par moments, les yeux noyés de larmes. Elle ne savait pas d'où provenaient ces émotions puissantes et pourquoi elles la saisissaient ainsi, puisqu'elle ne comprenait rien aux paroles. Ce qui se passait en elle lui était un mystère. Ses émotions l'avaient cueillie et emmenée vers une destination inconnue d'elle-même. Elle applaudit très fort à la fin de la représentation, s'étonna en pensant que cela n'avait pas duré assez longtemps et tenta de recouvrer la maîtrise de ses émotions. Le trio sortit de l'église et Anne-Laure qui avait observé son amie du coin de l'œil, s'amusa à lui demander :

– Alors, Émilie ? Ça t'a plu ?

– Je suis très agréablement surprise, confessa celle-ci. J'ai trouvé ça fort… puissant… retentissant ! J'en ai eu la chair de poule !

– C'était incroyablement beau, dit Sophie. Ça m'aurait émue davantage encore si j'avais pu comprendre le sens des paroles.

– C'était bouleversant, précisa Anne-Laure. Je crois que c'est le terme exact.

Enchantées, les amies regagnèrent leur hôtel d'un pas léger et se couchèrent aussitôt car le lendemain matin, elles devaient quitter, à regret, l'île et ses beautés.

Chapitre 4

Le départ pour Bali se faisait depuis l'aéroport de Roissy-Charles-de-Gaulle. Si Sophie avait rassuré ses amies sur sa capacité à contrôler son stress en avion, il fallait se rendre à l'évidence : elle n'avait pas mesuré ce que pouvaient représenter dix-sept heures de vol. Elle avait cependant trouvé une technique efficace pour éviter de penser à son stress : bavarder. Alors, elle avait saturé d'informations ses deux pauvres copines et tout y passa : les dangers potentiels à Bali, l'attitude à adopter en cas de tremblement de terre, de morsure de chien errant, de singe ou même de serpent, l'histoire de Bali, la culture, la religion, les croyances, les rites des Balinais. Elles entendirent parler de Vishnou, de Brahma, de Shiva, de Ganesh, d'offrandes, de riz… Émilie et Anne-Laure n'en pouvaient plus d'entendre Sophie mais elles la laissèrent caqueter car elles avaient bien compris que cela lui permettait de réguler son stress. Elles écoutèrent donc d'une oreille distraite les flots d'informations, portaient attention à ce qui les intéressait et somnolaient lorsqu'il n'était plus possible biologiquement de maintenir leur attention. Émilie s'assoupit et bercée par les flots de babillage, aperçut Shiva en rêve qui tentait de l'étouffer de ses bras. Elle se réveilla en sursaut et adressa un regard noir à Sophie qui n'y prêta pas attention et poursuivit sa logorrhée, persuadée que ses amies l'appréciaient. Après plus de dix-sept heures de vol, une escale et une Sophie jacasseuse, elles atterrirent enfin sur le sol balinais, au grand soulagement d'Émilie et d'Anne-Laure.

À l'aéroport de Denpasar, les parents d'Anne-Laure les attendaient avec impatience. Cette dernière les découvrit détendus, bronzés, souriants. Elle était heureuse de les revoir et encore plus heureuse de les trouver si rayonnants. Il y eut de longues embrassades, des étreintes, des larmes. Cela faisait un peu plus d'un an qu'Anne-Laure n'avait pas revu ses parents. Philippe était un père aimant et démonstratif. Catherine, quant-à-elle, était une maman douce, attentionnée et affectueuse. Un peu trop mère-poule, au goût d'Anne-Laure. Ils étaient, tous les deux, fiers de leur fille et ne manquaient jamais une occasion de le lui faire savoir. Catherine, d'ailleurs, aimait à se répéter : « Elle n'a pas les deux pieds dans le même sabot, ma fille ! » Anne-Laure avait été une petite fille aimée, encouragée et félicitée. Émilie pensa que c'était certainement de là qu'Anne-Laure puisait sa confiance en elle et son autonomie. Les parents d'Anne-Laure connaissaient Émilie mais pas Sophie. Ils étaient contents de revoir Émilie qu'ils appréciaient. Et réciproquement, Émilie adorait les parents d'Anne-Laure qu'elle trouvait ouverts, « cool » et sympas. On pouvait parler de tout, sans gêne, devant eux et avec eux. Anne-Laure présenta Sophie qui, à son tour, fut accueillie chaleureusement.

Après ces effusions de joie, chacun prit place à bord du Van de Philippe et Catherine. Philippe conduisit sa petite troupe jusqu'à leur maison, qui se situait à quelques kilomètres d'Ubud. Par les fenêtres et en s'éloignant de la capitale, le paysage verdoyant commençait à défiler sous les yeux ébahis des filles. Lorsqu'ils arrivèrent, Émilie et Sophie découvrirent une maison faite de bambou et parfaitement intégrée à la nature. Elle se situait en pleine « jungle » et ressemblait à une grande cabane sophistiquée. Chaque pièce était ouverte sur l'extérieur et jouissait d'une vue exceptionnelle sur la forêt luxuriante principalement composée de bananiers, de cocotiers et de bambous. Ce fut un tel choc pour Sophie qu'elle ne put réprimer son effarement :

– Mon Dieu ! mais où sont les murs et les fenêtres ?

– Il n'y a pas besoin de murs. Il fait chaud toute l'année, ici ! lui répondit Catherine.

– Mais alors, toutes les bêtes peuvent entrer chez vous ! Les moustiques assassins ! Les araignées mortelles ! Et les serpents venimeux ! s'exclama Sophie, horrifiée.

À ses propres mots, elle était devenue blême. Avant de quitter Paris, Anne-Laure avait prévenu ses parents que Sophie avait, à peu près, peur de tout. Alors, Catherine lui mentit pour la rassurer et surtout pour avoir la paix.

– Ne t'inquiète pas, nous n'en avons jamais vu !

– Et l'eau n'entre pas chez vous ? Comment faites-vous pendant la saison des pluies ?

– Regarde ! La structure du toit est construite de sorte que l'eau ne puisse pas entrer et les pièces sont en retrait par rapport au toit qui est très avancé.

– Je ne vais pas pouvoir dormir ici ! paniqua Sophie.

– Détends-toi ! Il y a des fenêtres dans les chambres ; tu ne risques rien.

Sophie soupira de soulagement et, pour éviter de faire davantage mauvaise impression, décida d'enchaîner sur quelques compliments :

– C’est une maison très jolie et très originale !

– Tout à fait originale. Nous l’avons fait construire, précisa Catherine.

– Et vous ne craignez pas les voleurs ?

– Ça n’est jamais arrivé et puis nous avons donné, avant de quitter Paris, tous nos objets de valeur et nos bijoux à nos enfants. Regarde autour de toi ; ici, nous vivons avec le strict minimum.

Sophie balaya le salon du regard et, effectivement, elle n’y aperçut aucun objet de décoration, cadre, miroir ou tableau. Il n’y avait que des meubles en bois et le seul objet que l’on aurait pu considérer comme ayant de la valeur était la télévision.

Philippe, l’hédoniste, le gourmand, coupa la conversation et annonça avec enthousiasme :

– Allez défaire vos valises, les filles ! Quand vous serez prêtes, venez nous rejoindre sur la terrasse, on vous y attendra avec quelques cocktails !

Les amies entreprirent le tour de cette villa improbable qui s’érigeait sur trois niveaux. Tout était fait de bambou ; pas seulement l’ossature de la maison, mais également les chaises, les canapés, les tables, les lits… Tout ! Chaque chambre bénéficiait d’une vue à cent quatre-vingts degrés sur la nature et d’un balcon. Et chaque balcon était pourvu de chaises, d’une petite table ronde et d’un hamac.

Il y avait deux chambres d’amis. Anne-Laure et Émilie décidèrent d’en partager une et Sophie de prendre l’autre. Elles passèrent à la douche pour se délasser de cet interminable voyage et enfilèrent une tenue confortable. Anne-Laure opta pour un paréo, Émilie une petite robe et Sophie se sentit à son aise dans un short et un tee-shirt. Ainsi rafraîchies, elles rejoignirent Catherine et Philippe qui les attendaient en terrasse, près de la piscine. Les filles s'extasièrent devant ce panorama spectaculaire : la piscine à débordement et, à perte de vue, la forêt composée d'arbres centenaires.

Philippe avait préparé un cocktail balinais à base de rhum blanc et de citron vert. Ils trinquèrent au bonheur d'être ensemble. Catherine demanda à Émilie des nouvelles de son mari et de ses enfants, qu'elle connaissait. Émilie n'osa pas évoquer la trahison de Sébastien et son questionnement intérieur actuel, afin de ne pas réveiller des sentiments douloureux que Catherine avait elle-même éprouvés autrefois. Pourtant, elle aurait bien voulu savoir comment Catherine avait réussi à pardonner à Philippe et si, ensuite, elle avait regretté son choix. De toute façon, le moment n'était pas opportun. Alors, elle raconta simplement des anecdotes sur Léo et Emma qui avaient bien grandi. Emma venait de fêter ses sept ans et Léo triomphait du haut de ses neuf ans. Émilie avait rapporté des photos de ses enfants pour les montrer à Catherine. Celle-ci voulut garder un cliché d'Émilie entourée de ses deux beaux enfants et Émilie le lui céda avec plaisir. Puis Catherine voulut connaître Sophie, alors cette dernière parla de Nicolas, cadre commercial affairé, et de ses trois enfants. Les « 3M » pour ses « Trois Merveilles », comme elle aimait à les appeler : Manon, deux ans ; Maxence, huit ans et Malo, six ans. Elle mentionna qu'elle avait arrêté de travailler pour pouvoir mieux s'occuper d'eux. Catherine lança alors un regard vers sa fille qui discutait avec son père, à l'autre bout de la table, et confirma à Sophie qu'elle avait fait le bon choix, car effectivement les enfants grandissaient bien trop vite. Philippe resservit les verres vides et proposa :

– Alors, les filles, voulez-vous que je vous raconte un peu l'histoire de Bali, sa culture et ses traditions ?

Anne-Laure le coupa aussi sec :

– Non merci, papa ! Sophie nous a bien expliqué tout cela… pendant environ dix-sept heures de vol !

Sophie se sentit vexée, alors elle s'empressa de changer de sujet de conversation :

– Pourquoi avez-vous deux chambres d'amis ?

– Parce que, depuis que nous vivons à Bali, nous n'avons jamais eu autant de visites ! répondit Philippe en riant.

– Oui, c'est incroyable, poursuivit sa femme. Depuis que nous sommes ici, tout le monde veut venir nous voir ! Alors, nous recevons beaucoup : nos enfants, la famille, les amis et même les enfants des amis !

– Et puis, quand nous n'attendons personne, nous louons l'une des chambres aux nombreux touristes qui visitent l'île chaque année, précisa Philippe.

– Vous avez réussi à vous faire des amis parmi les Balinais ? s'enquit Sophie.

Catherine la renseigna :

– Pas au début. Alors, on a appris les rudiments de la langue pour pouvoir mieux communiquer. Et maintenant, nous avons quelques amis Balinais très sympas, que nous côtoyons souvent. Ici, les gens vivent dehors et il y a de nombreuses cérémonies tout au long de l'année alors il est facile de se rencontrer et de partager des moments conviviaux.

– Que voulez-vous faire, les filles, pendant vos vacances ? coupa Philippe.

– Demain, on fait du rafting, annonça Anne-Laure avec un sourire en coin.

– Oh non ! cria Sophie, sans moi !

– Mais si, c'est déjà payé !

– Oh ! ça ne va pas recommencer ! Non, je ne viens pas ! Dis-moi combien je te dois, je te rembourse mais je ne vais pas aller me casser un bras ou une jambe dès ma première sortie et me faire rapatrier ! Je n'ai pas fait quatorze mille kilomètres pour rien !

Anne-Laure pouffa en voyant Sophie s'exciter comme un diable, avant de la rassurer :

– Mais non, détends-toi, c'était une blague !

– Ah oui, très drôle ! Je suis morte de rire.

Tous rirent de bon cœur, excepté Sophie qui semblait contrariée. Philippe suggéra sagement :

– Pour vous remettre du décalage horaire, je vous propose de rester demain à la maison pour vous reposer. Nous pourrons, ensuite, vous faire découvrir l'île.

Le soleil déclina tôt dans la soirée. Catherine avait préparé, pour le dîner, un plat typiquement balinais à base de porc grillé, de riz et de sauce épicée. Ils se régalèrent et échangèrent des anecdotes croustillantes. Il y eut des discussions animées, des séances de rires, des histoires rocambolesques. Les filles racontèrent leur séjour en Corse puis Philippe demanda des nouvelles de la situation politique et économique de la France. Il trouva écho auprès de Sophie qui lui raconta le chômage, les licenciements économiques, les fermetures d'entreprises, les mouvements de grève et les derniers scandales politiques. Philippe constata, à regret, que rien n'avait changé depuis leur départ. S'ensuivit alors un débat passionné entre Sophie et Philippe sur des mesures économiques et, ni l'un ni l'autre ne tarissait d'idées pour redresser le pays.

Puis chacun gagna sa chambre pour la nuit. Sophie, angoissée, inspecta la sienne dans les moindres recoins. Munie d'une claquette à chaque main, elle regarda sous le lit, derrière les meubles, sous les draps. Elle scruta le plafond, les murs, les placards. Elle ne débusqua ni moustique, ni autre bestiole, et s'endormit la lumière allumée. La nuit de Sophie fut longue et mouvementée : elle se réveillait en sursaut toutes les heures, car il lui semblait sentir des insectes la frôler. Elle poussait alors de grands cris, se levait d'un bond, inspectait à nouveau partout avant de se recoucher. Elle restait de longues minutes aux aguets, somnolait et se redressait dans son lit, tout à coup paniquée.

Le lendemain matin, Sophie se leva, fatiguée et les yeux cernés.

*

Pour se remettre des dix-sept heures de vol et des six heures de décalage horaire, les filles restèrent toute la journée à la villa et profitèrent de la vue et de la piscine à débordement. Le panorama spectaculaire offrait un dépaysement total et était propice à la détente et à la sérénité. Les trois amies paressaient autour de la piscine, quand soudain Catherine fit son apparition, flanquée d'un petit homme ridé d'une soixantaine d'années.

– Coucou, les filles, je vous présente Prakash. C'est mon professeur de yoga. Voulez-vous vous joindre à nous ? proposa Catherine, sur un ton léger.

– Vous êtes Balinais ? interrogea Émilie qui ne se représentait pas les Balinais à l'image de ce petit être chétif.

Le petit homme sourit et dodelina de la tête.

– Je suis d'origine indienne.

Sophie adressa un regard réprobateur à Émilie, secoua la tête et la réprimanda à voix basse :

– Ce ne sont pas des choses qui se demandent !

– C'est pas grave, il n'a pas l'air vexé ! constata Émilie.

– On vient avec vous, accepta Anne-Laure au nom de toutes.

Catherine tendit des tapis de sol et des serviettes à chacune des filles et elles s'enfoncèrent dans la forêt. Sophie chuchota à l'oreille d'Émilie :

– Je croyais qu'on faisait ça autour de la piscine. À tous les coups, un serpent va surgir et c'est sur moi que ça va tomber !

– Mais non ! Catherine sait ce qu'elle fait !

Enfin, au bord d'un petit ruisseau, ils s'arrêtèrent, déplièrent leur tapis et Prakash commença son enseignement. Catherine l'avait averti qu'Anne-Laure et Émilie n'avaient jamais pratiqué le yoga, alors il expliqua les postures les plus simples à effectuer. Ainsi, les amies enchaînèrent celles de la montagne, de la chaise, de la cigogne, du chien, du guerrier, du triangle, de l'enfant, du sphinx… Anne-Laure ne parvenait à aucun équilibre, Sophie était davantage occupée à épier les alentours pour vérifier qu'aucun serpent ou araignée n'allait lui tomber dessus ; tandis qu'Émilie ne pouvait s'empêcher de pouffer de rire à la vue de ses deux copines aussi empotées. Sophie passait son temps à s'épousseter, car elle avait la sensation que des bêtes lui courraient dans les cheveux, le cou, les épaules, le dos. Anne-Laure passait son temps à chanceler et à craquer des os et Émilie, à rigoler. La séance fut donc chaotique, ponctuée de rires, de déséquilibres, de moqueries, de commentaires en tout genre, de craquements d'articulations, de bâillements, de ronchonnements. Prakash semblait mécontent et écourta la séance. Catherine était, quant à elle, ravie que les filles s'amusent bien mais, par respect envers son professeur, fit semblant d'être de son côté.

– Je suis désolée, Prakash, on ne dirait pas que ces demoiselles ont quarante ans !

– Ce n'est rien, répondit celui-ci par politesse, mais il n'en pensait pas un mot.

Ils rentrèrent tous à la villa et Prakash les salua avant de se retirer. Catherine se dirigea vers la cuisine pour préparer une citronnade tandis que les filles retournaient à leurs activités favorites autour de la piscine : le farniente et la bronzette.

Alors que le trio se trouvait confortablement allongé dans les transats avec des magazines, Philippe déboula en courant et en hurlant avant de se jeter, en bombe, dans la piscine. Il obtint l'effet escompté : les filles furent éclaboussées et poussèrent des cris effroyables. Philippe jubilait. Les trois copines se levèrent alors d'un bond et sautèrent autour de lui, avec fracas, en guise de représailles. Elles se liguèrent pour le couler. Anne-Laure appuya fermement sur la tête de son père, Sophie l'attrapa par les pieds et Émilie tenta de s'asseoir sur son ventre rebondi. Il cria « à l'aide ! » à l'attention de Catherine, qui revenait de la cuisine avec la citronnade et les verres sur un plateau.

Catherine rit de bon cœur, s'assit sur un transat et observa, attendrie, cette scène amusante. Elle fut émue, à cet instant, car elle était heureuse de revoir sa fille, heureuse de la voir jouer avec son père, heureuse qu'elle soit en bonne santé, heureuse qu'elle soit heureuse. Catherine observa intensément sa fille ; son image et sa présence lui avaient cruellement manqué. Elle la contempla pour s'imprégner à jamais des moindres détails de son visage, ayant la peur irréaliste d'oublier les traits de sa fille dans la distance géographique et temporelle qui les séparait. Elle se rassasia de sa beauté car, en tant que mère, Catherine trouvait sa fille magnifique. Anne-Laure avait les traits réguliers, de petits yeux noisette et rieurs ainsi que de longs cheveux bonds et raides qui lui tombaient joliment jusque dans le creux des reins. Mais la grande beauté d'Anne-laure émanait de sa personnalité, constamment agréable et joviale.

Après leur bataille, le quatuor sortit de l'eau, joyeux et rafraîchi. Catherine avait les yeux humides.

– Tu pleures, Maman ? demanda Anne-Laure.

– Oui. Ce sont des larmes de joie.

Catherine essuya vite ses yeux d'un revers de la main, pour éviter de faire honte à sa fille devant ses amies. Elle lui sourit ; Anne-Laure lui sourit en retour et l'embrassa sur la joue. Les uns burent quelques gorgées de citronnade, les autres se séchèrent. Philippe et Catherine vaquèrent ensuite à leurs occupations tandis que les filles lézardaient au soleil. La journée passa lentement ; elle fut douce et paisible.

*

Réveillés tôt par les cris de Sophie, pourchassée par des nuisibles invisibles, tous se retrouvèrent le lendemain matin en terrasse pour le petit déjeuner. Catherine avait préparé, la veille au soir, une brioche maison et une tarte aux pommes. Philippe pressait des fruits dans la cuisine puis rejoignit les filles. Tout en servant les verres de jus frais, il proposa :

– Je vais au marché ce matin. Voulez-vous m'accompagner ? Ensuite, nous pourrions aller à la découverte de la forêt des Singes.

Les propositions de Philippe furent accueillies avec succès. Chacun se prépara à la hâte puis ils s'emparèrent de trois scooters pour rejoindre le plus grand marché de la région. Émilie et Sophie n'avaient jamais conduit de scooter. Émilie monta donc derrière Anne-Laure et Sophie grimpa derrière Catherine. Sur le chemin vers la grande ville, les filles s'émerveillèrent en découvrant que les routes et les habitations n'avaient pas détruit ce coin de nature mais qu'au contraire, les constructions humaines se fondaient dans le décor. Elles admirèrent la végétation luxuriante bordant les petits villages qu'elles traversaient ainsi que des temples, des offrandes et des décorations dans les rues. Contrairement à l'unique schéma qu'elles connaissaient, il ne s'agissait pas de déforestation totale pour édifier des immeubles et des gratte-ciel dans une ville grise, goudronnée et bétonnée. Ici, au contraire, la nature semblait avoir été façonnée avec respect, dans un juste équilibre entre les hommes et l'univers.

Arrivées à destination, les amies découvrirent un marché très hétéroclite. Elles y trouvèrent des poissons, des fruits, des légumes, des épices, des piments, des fleurs mais aussi d'innombrables souvenirs pour les touristes : masques, paniers tressés, vêtements, bijoux, statuettes divines, instruments de musique… Au détour d'une allée, elles aperçurent des animaux vivants : des coqs et des oiseaux en cage.

Sophie, déconcertée, s'enquit auprès de Philippe :

– À quoi servent tous ces oiseaux, les Balinais les mangent ?

– Non ! rétorqua Philippe, amusé. Les Balinais adorent les oiseaux alors ils en achètent pour agrémenter leur maison. Ou pour participer à des concours de chant d'oiseaux !

– Et les coqs ?

– Pour les combats !

Sophie esquissa une grimace de dégoût.

D'emblée, les filles ne purent résister à la tentation d'acquérir des souvenirs. Sophie opta pour une statuette en bois représentant Shiva, Émilie se laissa séduire par une jolie tunique et Anne-Laure se procura des épices. De retour à la villa, chacun y déposa ses victuailles et ses trouvailles puis prépara un petit sac à dos avec ce qu'il lui fallait pour la journée. Sans perdre de temps, tous enfourchèrent à nouveau les scooters pour prendre la direction de la forêt des Singes. Une fois garé, Philippe annonça :

– Nous sommes à Padangtegal, ici.

Sophie s'étonna que l'accès au site soit payant. À l'entrée se trouvaient des panneaux indiquant les consignes à suivre pour éviter les mésaventures avec les singes. Sophie s'abstint de les lire car elle avait déjà étudié tout cela dans la préparation de son voyage et sa consigne, à elle, était simple : se tenir le plus éloignée possible de ces petites bêtes malignes et pleines de parasites. Émilie et Anne-Laure passèrent également leur chemin ; Sophie les avait tant assommées avec toutes sortes de recommandations qu'elles se sentaient plus qu'averties ! Dès l'entrée, elles découvrirent des singes à longue queue et au poil gris, en totale liberté. Catherine renseigna les filles sur l'espèce :

– Il y a plus de six cents singes dans cette forêt. Ce sont des macaques.

– Regarde ! interpella Sophie, celui-ci a une crête sur la tête !

– Ah oui, on dirait le chef des Gremlins ! observa Émilie en riant.

Tout au long de leur balade, elles admirèrent des primates qui, si de prime abord, semblaient tous se ressembler, se révélèrent finalement complètement différents, à la fois dans leur apparence et dans leur caractère. Ainsi, elles découvrirent des singes paisibles, d'autres qui se bagarraient ; des singes qui couraient, d'autres qui se reposaient ; des singes qui fouillaient dans les sacs des touristes, d'autres qui semblaient les ignorer ; des singes hurlants, d'autres silencieux ; des singes impassibles, d'autres aux mimiques inimitables et désopilantes. Elles furent éblouies par la splendeur de ce lieu unique où s'entremêlaient la beauté de la nature à la beauté des constructions sacrées des hommes. Alors que les filles s'émerveillaient devant les arbres centenaires, les sculptures, les ponts, les statues, les escaliers de pierre, les bassins, Philippe sortit de son sac à dos trois bananes.

– Vous voulez les nourrir ? demanda-t-il en s'adressant aux filles.

– Oh non, surtout pas ! protesta vivement Sophie.

– Tant mieux, ça en fera plus pour moi ! se réjouit Anne-Laure en saisissant la banane destinée à cette dernière.

Anne-Laure disposa le fruit en équilibre sur sa tête, et attendit.

– Mais qu'est-ce que tu fais ? s'époumona Sophie, horrifiée.

Celle-ci ne comprenait pas qu'Anne-Laure ne respecte pas ses recommandations. Comment ne pouvait-elle pas comprendre qu'elle encourait le danger d'être mordue et d'attraper la rage ou toute autre maladie ?

– Chut ! tu vas leur faire peur !

Un singe malicieux s'approcha et grimpa sur l'une des épaules d'Anne-Laure, s'assit et prit tout son temps pour éplucher et déguster le fruit. Ce fut l'occasion pour Philippe de mitrailler sa fille sous tous les angles. Il put faire de très beaux clichés. Au bout d'un moment, l'animal commença à peser lourd sur l'épaule d'Anne-Laure, alors elle la secoua légèrement pour le faire fuir, mais celui-ci fut aussitôt intrigué par une barrette dorée qu'elle portait dans ses cheveux. Il voulut s'en saisir et, bien-sûr, ne se rendait absolument pas compte que cela faisait terriblement mal à la pauvre Anne-Laure. Elle tentait néanmoins de ne pas hurler et gesticuler en tous sens, de peur que le macaque n'ait une attitude plus dangereuse encore. Sophie était paralysée de stupeur. Philippe tentait de faire fuir le voleur à poils par un comportement des plus insolites : il effectuait d'étranges et furieux mouvements désordonnés tout en émettant de curieuses sonorités. Catherine tremblait de peur à la fois pour sa fille et pour son mari, tandis qu'Émilie, amusée par l'attitude délirante de Philippe, filmait toute la scène avec son smartphone. Enfin, le petit chapardeur réussit à arracher la barrette ainsi qu'une grosse touffe de cheveux et s'enfuit. Anne-Laure semblait tellement souffrir que Sophie s'abstint de lui dire « je t'avais pourtant prévenue ». L'imprudente évita le regard de Sophie empreint de remontrances et se débarrassa rapidement des deux autres fruits en les jetant au loin.

Pour se remettre de leurs émotions, ils retournèrent admirer les temples une dernière fois puis ils rentrèrent à la villa. Tout le monde avait l'estomac dans les talons ; Philippe disparut en cuisine pour préparer un canard à la balinaise. Catherine apporta des krupuk et des cocktails pour faire patienter les estomacs affamés. Ils restèrent attablés pendant des heures, échangeant sur leurs sentiments et leur étonnement à l'égard de ce qu'ils avaient exploré en début de journée. Chacun voulut montrer aux autres les photos qu'il avait prises : des moments uniques capturés, des situations inédites, des mimiques burlesques, des portraits magnifiques. Il y eut des sourires et des moqueries sympathiques à la vue de certaines photos. Les filles en postèrent sur leurs réseaux sociaux puis Émilie dévoila sa vidéo démente de Philippe s'agitant comme un forcené et tout le monde éclata de rire.

Ils se régalèrent du canard à la balinaise puis se regroupèrent autour de la piscine. Il n'y eut aucune bataille d'eau avec Philippe en cette fin d'après-midi-là. Tout le monde était fatigué, repu et avachi dans les transats pour une longue digestion. Ils échangèrent sur le programme du lendemain et convinrent de poursuivre leur exploration des alentours d'Ubud.

La journée s'acheva tranquillement, dans l'oisiveté et la chaleur douillette d'un foyer affectueux.

*

Comme d'habitude, les cris de Sophie réveillèrent la maisonnée au petit matin. Mais personne ne lui en tenait rigueur car cela permettait de se lever tôt pour éviter l'affluence des touristes et profiter pleinement de la journée. À la table du petit déjeuner, Anne-Laure qui n'était pas du matin, ronchonna :

– Pourquoi as-tu hurlé encore ce matin ? Tu as vu un anaconda ?

– Un varan, peut-être ? renchérit Émilie.

– Non, j'ai vu un horrible lézard !

– Un gecko ? interrogea Anne-Laure.

– Non, j'ai déjà vu des geckos à l'île Maurice. Celui-ci ne ressemblait pas du tout à un gecko.

– Il était de quelle taille ? demanda Catherine.

– C'était un truc énorme !!! Environ dix centimètres, je dirais.

Anne-Laure et Émilie éclatèrent de rire.

– Alors c'est un cikcak, informa Catherine. Il fait partie de la famille des geckos et il est parfaitement inoffensif.

– D'ailleurs, précisa Philippe, les geckos te protègent des insectes et des moustiques. Alors, il ne faut surtout pas les tuer. D'autant plus qu'ils sont sacrés, ici, à Bali !

– Loin de moi l'idée de tuer un gecko, dit Sophie, mais ça m'angoisse de savoir qu'ils peuvent se faufiler dans ma chambre, parce que ça veut dire que d'autres animaux maléfiques peuvent s'y introduire aussi.

Émilie et Anne-Laure pouffèrent en entendant le mot « maléfiques ». Les parents d'Anne-Laure s'évertuèrent, encore une fois, à rassurer Sophie sur ces dangers inexistants en lui affirmant qu'ils n'avaient jamais été victimes d'une quelconque incursion de créature meurtrière.

Après un copieux petit déjeuner, tous filèrent se préparer pour partir rapidement à la découverte des environs d'Ubud. Les trois amies étaient impatientes et excitées. Elles enfourchèrent les scooters, suivirent Philippe en peloton de tête et atteignirent les rizières de Tegallalang. Elles découvrirent des rizières en terrasse offrant un paysage extraordinaire. Elles admirèrent les systèmes d'irrigation traditionnelle, la végétation, les cocotiers et les gens qui travaillaient de leurs mains, durement et courbés. Elles imaginèrent alors combien ce métier devait être difficile.

Avant de repartir, ils dégustèrent un jus de coco, tout en jouissant d'une vue panoramique sur les terrasses. Puis Philippe conduisit sa troupe au petit village artisanal de Pakudui, où les filles se laissèrent tenter par de jolis souvenirs en bois sculpté. Elles enfouirent leurs trouvailles dans leur sac à dos avant de suivre leur guide qui les mena à la découverte de trois temples magnifiques : le purifiant Tirta Empul, le majestueux Gunung Kawi et l'improbable Goa Gajah.

De retour à la villa, les filles étaient complètement épuisées par leur longue journée de visites et de marche, mais elles étaient ravies d'avoir pu contempler tant de beautés originales, mystiques et enchanteresses. Elles montèrent se doucher et se délasser tandis que Catherine et Philippe préparaient le dîner. Enfin, lorsque tous furent attablés, Émilie, avec une avide curiosité, demanda :

– Ça sent bon ! Qu'est-ce que c'est ?

Catherine la renseigna :

– C'est une spécialité balinaise que l'on appelle *mie goreng*. Ce sont des nouilles de blé, des légumes, du poulet et un œuf au plat.

Les épices rehaussaient subtilement le goût de ce plat simple. C'était un peu trop riche pour le dîner, mais comme personne n'avait déjeuné, tout le monde était affamé et apprécia la générosité de ce repas.

Philippe, entre deux bouchées, interrogea les filles :

– Avez-vous une idée de ce que vous aimeriez faire demain ?

– Nous reposer ! répondirent-elles en chœur.

– Ça me va parfaitement, acquiesça Philippe en souriant.

Anne-Laure informa les autres :

– J'ai réservé un cours d'initiation à la plongée, suivi d'une plongée à Manta Point pour après-demain.

– Mais c'est à Nusa Penida ! s'exclama Philippe. C'est une excursion qui se prépare !

– Eh bien, on va préparer tout cela demain autour de la piscine, assura Anne-Laure, qui ne s'inquiétait jamais de rien.

Aucune des trois amies ne possédait son brevet de plongée. Émilie était ravie de cette idée malgré son appréhension. En effet, elle était anxieuse à l'idée de respirer par la bouche et de se retrouver dans un potentiel état de claustrophobie et de panique, une fois sous l'eau. Elle n'était pas, non plus, rassurée par les dangers potentiels qui pouvaient survenir au fond de l'océan, alors elle n'avait jamais osé se livrer à la plongée sous-marine. Mais, à cet instant, une irrésistible envie de partir à la découverte d'un monde insoupçonnable la tenaillait. La hardiesse d'Anne-Laure la sécurisait, et même la portait vers des activités qui lui avaient semblé jusque-là irréalisables. Sophie, quant à elle, protesta vivement, arguant qu'elle n'avait pas envie de se faire piquer par une raie ou d'être emportée par les courants, dériver jusqu'à l'île de Komodo et se faire dévorer par les dragons. Émilie et Anne-Laure éclatèrent de rire à l'évocation de ces idées saugrenues. Catherine tenta de lui faire entendre que les raies manta étaient inoffensives. Et Philippe l'incita à participer à l'initiation en lui affirmant qu'elle n'aurait pas à effectuer la plongée en mer si elle eut trouvé cela trop difficile. Mais aucun argument ne parvint à raisonner Sophie. Celle-ci lança à l'attention des parents d'Anne-Laure :

– J'ai déjà failli mourir dans un canyon !

– Oh ! tout de suite les grands mots ! s'exclama Émilie, sur un ton moqueur.

– Tout à fait ! Vous savez ce qu'elles ont osé me faire ?

Anne-Laure et Émilie pouffèrent de rire. Sophie les ignora et poursuivit :

– Elles m'ont emmenée dans un endroit mortel !

– Mortel ? répéta Catherine, avec stupéfaction.

– Exactement ! Un endroit où, un an auparavant, il y eut une dizaine de morts !

Ainsi, Anne-Laure se mit à expliquer à sa mère la tragédie qui avait effectivement frappé ces gens : la crise cardiaque, le mauvais chemin, les rapides.

Catherine concéda :

– En effet, ce n'est pas le genre d'endroit où il faut emmener Sophie !

– Mais elle s'est surpassée et a même réussi toutes les épreuves ! clama Anne-Laure.

– Oui, nous sommes très fières de notre petite peureuse, renchérit Émilie en lui adressant un sourire encourageant.

Malgré ces compliments, Sophie ne changea pas d'avis sur la question. Philippe, quant à lui, était heureux de pouvoir plonger avec sa fille tandis que Catherine se réjouissait de retourner à Nusa Penida où elle ne s'était rendue qu'une seule fois depuis leur installation à Bali. Ce soir-là, épuisé, tout le monde partit se coucher tôt et dormit comme une souche, si bien que personne ne fut incommodé par les tribulations nocturnes de Sophie.

*

Le lendemain, les parents d'Anne-Laure rejoignirent des amis français et laissèrent les filles seules à la villa. Autour de la piscine, Anne-Laure contacta le centre de plongée pour annuler une séance d'initiation. Heureusement, cela ne posa aucun problème. Philippe, lui, n'en avait pas besoin car il pratiquait la plongée sous-marine depuis de nombreuses années. Mais il plongeait sans sa femme, à son grand regret, car Catherine n'avait jamais osé franchir le pas. Comme Sophie et Émilie, elle était effrayée par la claustrophobie que pouvait susciter l'équipement et par les dangers potentiels de la mer.

Les trois amies passèrent la matinée à se renseigner sur l'île des Démons, comme la surnommaient certains locaux : les activités offertes, les horaires des navettes, les lieux à visiter, les bons restaurants où se régaler, et elles dressèrent le planning de la journée. Elles se rendirent compte qu'une seule journée ne suffirait pas à découvrir l'ensemble des trésors que recelait cette île. Tandis que Sophie partait s'isoler dans sa chambre pour prendre des nouvelles de ses enfants, Anne-Laure en profita pour demander des siennes à Émilie :

– Alors, Mimie, est-ce que ces vacances te font du bien ?

– Un bien fou ! Tu avais raison, c'était exactement ce dont j'avais besoin !

– Et… tu as pris une décision ?

– Oui, j'ai bien réfléchi. Je vais chercher un appartement et m'y installer.

– Tu quittes Sébastien, alors ?

– Je ne sais pas si ce sera définitif mais, pour l'instant, je n'arrive pas à pardonner. Même si je comprends, finalement, pourquoi on en est arrivés là, le fait qu'il ne m'aide jamais à la maison et qu'en plus, il me trompe, ça fait trop !

– C'est clair ! Je te comprends. C'est ce que je ferais aussi, à ta place. Tu restes à l'appart', alors ?

– Si ça ne te dérange pas, juste le temps de trouver un deux-pièces correct.

– Si ça me dérange de partager mon appartement avec ma meilleure amie ? Pas le moins du monde ! Tu peux y rester tout le temps que tu veux !

Émilie remercia Anne-Laure et profita de cette discussion pour évoquer un sujet qui lui trottait dans la tête depuis son arrivée :

– Au fait, j'aimerais demander à ta mère comment elle a fait pour pardonner à Philippe. Tu crois que je peux lui poser la question ou tu penses que ça réveillera de mauvais souvenirs ?

Anne-Laure réfléchit un court instant et affirma à son amie :

– Tu peux lui en parler. Ça s'est passé il y a très longtemps, maintenant.

Puis le silence s'installa progressivement entre elles. Émilie laissa ses paupières se fermer et Anne-Laure se replongea dans son travail d'organisatrice de voyage. Une demi-heure plus tard, Sophie revint avec le sourire aux lèvres et un plateau de cocktails dans les mains.

– On a quelque chose à fêter ? s'étonna Émilie.

– Non, c'est l'heure de l'apéro ! s'enthousiasma Sophie.

Anne-Laure consulta son smartphone.

– Onze heures ! C'est pas un peu tôt pour l'apéro ?

Émilie, ravie, s'empara avec hâte d'un cocktail et déclara en riant :

– Non ! ce n'est jamais trop tôt pour l'apéro !

Elle adressa un clin d'œil complice à Sophie, qui s'empressa de se saisir d'un verre et d'en tendre un autre à Anne-Laure. Elles trinquèrent et dégustèrent leur breuvage.

– C'est délicieux ! Qu'as-tu mis dedans ? interrogea Émilie.

– Crème de cassis, citron vert et champagne !

– Comment ça s'appelle ?

– Aucune idée ! Tu peux l'appeler « le cocktail décoiffant de Sophie », si tu veux.

– Décoiffant, ça ! Je te fais mieux ! affirma Émilie aussi sec.

Sophie la poussa au défi en la fixant de ses beaux yeux bleus et profonds :

– Chiche !

– Pari tenu ! releva Émilie, sans sourciller.

– Oh, là, là ! c'est parti pour une belle journée ! prédit Anne-Laure.

Quand elles eurent terminé de boire leur cocktail jusqu'à la dernière goutte, cette dernière lança :

– Allez, on vote pour ce cocktail, sur une échelle de un à dix.

– Dix ! nota Sophie.

– Six, dit Émilie.

– Et moi, je mets cinq, clôtura Anne-Laure.

– À moi de vous préparer un truc du tonnerre ! s'exclama Émilie, en disparaissant à la cuisine.

Tandis qu'Émilie préparait son mélange spiritueux, Anne-Laure s'enquit des nouvelles des « 3M ». Sophie l'informa qu'ils étaient en pleine forme et que, même s'il fallait bien avouer qu'elle passait un agréable et reposant séjour, les sourires et les câlins de ses enfants lui manquaient terriblement. Un quart d'heure plus tard, Émilie revint avec ses cocktails et, certaine de sa réussite, annonça à ses amies :

– Vous allez en tomber par terre !

Elle servit ses copines et elles trinquèrent à nouveau. Anne-laure et Sophie tentèrent de deviner ce qu'Émilie avait bien pu leur concocter. Anne-Laure trouva la première et clama :

– Rhum, jus d'orange et sirop de grenadine !

– Comment ça s'appelle ? s'enquit Sophie.

Émilie lui répondit :

– Je ne sais pas, tu peux appeler ça « le cocktail décapant d'Émilie » !

– Décapant, ça ? Laisse-moi rire ! lâcha Anne-Laure en se levant, d'un bond, de son transat.

Elle fonça, à son tour, en direction de la cuisine tout en leur adressant :

– Je vais vous montrer, moi, ce que veut dire « décapant » !

– Ben, attends, on n'a pas voté ! l'interpella Émilie.

– Je mets deux ! lança Anne-Laure par-dessus son épaule tout en poursuivant son chemin.

– C'est sirupeux, c'est pas du tout décapant. Je mets trois ! vota Sophie, à son tour.

– Mauvaises joueuses ! objecta Émilie. Moi, je mets dix !

Tandis que Sophie et Émilie sirotaient en silence, Anne-Laure se démenait en cuisine pour soigner la présentation de ses coupes. Elle revint quelques minutes plus tard, triomphante :

– Vous allez, enfin, connaître le vrai goût d'un cocktail qui déchire !

Sophie réussit, la première, à deviner les ingrédients : vodka et liqueur de menthe blanche.

– Alors ? demanda Anne-Laure, qui cherchait les compliments.

– Ah oui, ça décoiffe ! accorda Émilie. Je mets dix !

– C'est vivifiant, déclara Sophie. Je mets dix, aussi !

– Eh oui ! c'est moi, la pro des cocktails qui décoiffent ! s'enorgueillit Anne-Laure, le sourire aux lèvres.

Cet afflux d'alcool dans les estomacs vides, leur avait ouvert l'appétit. Pour leur plus grand bonheur, Catherine leur avait préparé, avant de partir, des brochettes de poulet caramélisées à la sauce cacahuètes, qu'elles n'avaient plus qu'à réchauffer. En mère attentionnée, elle avait même laissé un mot, sur la table de la cuisine, précisant comment s'y prendre. Les filles se régalèrent puis s'installèrent, à nouveau, dans les transats pour digérer. Émilie sombra dans une sieste ; Anne-Laure peaufina le programme de leur excursion du lendemain tandis que Sophie luttait difficilement contre le sommeil. Ses paupières s'alourdissaient malgré sa volonté de rester aux aguets. Elle fermait les yeux plusieurs minutes avant de se réveiller en sursaut, se redressait brusquement dans son transat et jetait des regards affolés aux alentours. Elle restait alors à l'affût des araignées mortelles, des varans et autres serpents venimeux jusqu'à ce que le sommeil vienne à nouveau la cueillir. Ces imprévisibles turbulences amusaient beaucoup Anne-Laure qui, néanmoins, s'empêchait de rire pour éviter de froisser Sophie.

Lorsque les parents d'Anne-Laure rentrèrent à la villa, en fin de journée, ils découvrirent une série de verres à cocktails vides autour de la piscine. Philippe, en bon vivant, leur adressa un sourire entendu et observa gaiement :

– Alors, les filles, je vois qu'on s'est bien amusées aujourd'hui !

En retour, Sophie et Émilie lui sourirent béatement tandis qu'Anne-Laure, pour taquiner Sophie, la dénonça :

– Sophie a vidé une de tes bouteilles de champagne !

– Je t'en rachèterai, Philippe. Excuse-moi, je ne sais pas ce qui m'a pris. Le soleil a dû me taper sur la tête !

– Tu n'as pas à t'excuser. Vous prenez tout ce que vous voulez, il n'y a aucun problème ! Ça nous fait plaisir. N'est-ce pas, Catherine ?

– Bien sûr ! Que mes petites cocottes se fassent plaisir ! caqueta aussitôt Catherine. Ce n'est pas tous les jours qu'on a la joie de vous accueillir !

Philippe et Catherine évoquèrent leur journée en compagnie de leurs amis français. Les filles racontèrent la leur. Anne-Laure expliqua qu'il n'y aurait pas assez d'une seule journée pour visiter Nusa Penida et qu'elle avait donc réservé deux nuits d'hôtel. Puis les filles décidèrent d'aller préparer leur bagage pour le lendemain. Elles s'extirpèrent difficilement de leur transat et grimpèrent mollement l'escalier jusqu'à leur chambre pour préparer un sac à dos, le plus léger possible, afin de voyager commodément. Sur les conseils d'Anne-Laure, chacune emporta seulement une brosse à dents, un peigne, un maillot de bain, une serviette en microfibre, deux tee-shirts, deux sous-vêtements et un short. Sophie y ajouta, sans en parler à Anne-Laure, sa trousse à pharmacie ; c'était plus prudent !

Philippe informa sa tribu qu'il s'éclipsait en cuisine, les filles lui lancèrent alors des recommandations culinaires en l'informant qu'elles s'étaient délectées des brochettes de Catherine et qu'elles étaient tombées accros à la sauce cacahuètes. Philippe comprit le message ; il sut immédiatement ce qu'il allait leur préparer. Catherine s'installa en terrasse, Anne-Laure redescendit et lui prépara son fameux cocktail tandis que Philippe s'affairait en cuisine. Quand il y ressortit en affichant un grand sourire, les filles salivaient. Il leur tendit des assiettes joliment décorées. Elles y devinèrent des haricots, des pommes de terre, des œufs, des concombres en fines lamelles, des tomates ciselées, et un petit pot qui sentait bon… la sauce cacahuètes.

Philippe annonça :

– Ceci s'appelle un *gado-gado*, mesdemoiselles !

– Qu'est-ce que c'est que ce truc blanc ? osa demander Émilie.

– Du tempeh, ce sont des graines de soja fermentées.

Les filles écarquillèrent les yeux de dégoût. Sophie ne put réprimer une grimace.

– Goûtez ! insista Philippe. Vous n'allez quand-même pas repartir de Bali sans avoir goûté au tempeh !

Elles nappèrent largement leur salade de sauce et se régalèrent en poussant des soupirs de satisfaction. Philippe ressentit alors un sentiment de fierté, non dissimulé. Dès la fin de leur découverte culinaire, elles aidèrent à débarrasser et filèrent se coucher afin de pouvoir commencer, aux aurores, leur journée du lendemain.

*

Depuis la villa, il fallait deux heures de trajet pour se rendre sur l'île des Démons. Après une traversée fort agréable de quarante-cinq minutes en bateau, ils arrivèrent à destination et se rendirent directement au site de plongée. Sophie et Catherine accompagnèrent Émilie, Anne-Laure et Philippe jusqu'au centre, puis les laissèrent à leur initiation. Philippe, qui n'en avait pas besoin, resta néanmoins pour encourager les filles et prendre des photos. Sophie et Catherine s'installèrent sur la plage en attendant que le trio revienne de sa plongée. Elles admirèrent le paysage et le silence s'imposa lentement entre elles. L'esprit de Sophie se mit à divaguer. La beauté du lieu aurait pu la submerger de sentiments doux et apaisants mais, au contraire, elle sembla triste, tout à coup. Catherine s'en aperçut et lui demanda doucement :

– Tout va bien ?

Sophie se laissa aller à quelques bribes de confidences, sans pour autant dévoiler l'entièreté de son mal-être :

– Si tout était simple, je partirais vivre au bout du monde avec mes enfants.

Catherine, qui crut comprendre de quoi il pouvait retourner, acquiesça :

– C’est sûr, on ne peut pas toujours faire des choix en fonction de son seul intérêt, quand on a des enfants.

Puis elle ajouta :

– Mais on ne doit pas se sacrifier, non plus, pour ses enfants. Rappelle-toi, Sophie : on n’a qu’une vie !

À ces mots, Sophie se laissa surprendre et couler par des pensées de plus en plus obscures. À la vérité, si Sophie n’avait pas eu d’enfants, elle aurait appelé Ange, ce soir-là, dans ce bar à vins Corse. Et, à cet instant, elle pensa qu’elle pourrait bien tout planté, finalement, mari et enfants, pour partir vivre une folle histoire d’amour romantique et intense. Une histoire qu’elle n’avait jamais vécue. Elle tressaillit en prenant conscience de ses rêveries impures. Elle secoua la tête pour chasser ses idées horribles et revenir à la raison : ses enfants qu’elle aimait, bien sûr par-dessus tout, et qu’elle ne pourrait, évidemment, jamais abandonner. Elle eut honte, tout à coup, de ces pensées monstrueuses qui avaient fait irruption dans son esprit. Elle se mit à pleurer, à la fois pour avoir osé penser cela mais aussi parce qu’elle revenait au carcan de la réalité. Catherine ne voulait pas se montrer intrusive en lui posant des questions ; alors, elle la prit simplement dans ses bras et la berça doucement.

– Tu trouveras une solution, lui souffla-t-elle, à voix basse.

C’était doux de se faire bercer dans les bras d’une mère ; Sophie s’abandonna et pleura longtemps. Si Sophie était proche de sa mère, dans la mesure où elles partageaient beaucoup d’activités ensemble et se voyaient régulièrement, la maman de Sophie ne témoignait pas, pour autant, de gestes affectueux envers sa fille. Camille Legendre n’invitait pas, non plus, aux confidences. Finalement, Sophie et sa mère se parlaient de tout mais jamais de l'essentiel. De toute façon, Sophie avait tellement honte d'elle-même, qu'elle ne pouvait se confier à personne. Comment aurait-elle pu se livrer totalement à quelqu'un sans prendre le risque, en retour, de perdre son amour ou son amitié ? Elle avait appris, à ses dépens, que les gens fuient les personnes faibles, lâches ou tristes, parce qu'elles les renvoient à leurs propres malheurs, leurs propres soucis, leur propre existence. Ils ont besoin de légèreté, de bonheur, d'évasion. Ils ont besoin qu'on les fasse rêver. Donc, se confier lui aurait fait du bien, c'est sûr, mais elle savait qu'en avouant ses faiblesses, elle aurait simultanément assisté à l'éloignement de ses amies. Même à Émilie, elle ne s'était confiée que partiellement. Comment avouer qu'elle était restée quinze ans avec un homme qui préférait se perdre dans la contemplation d'un monde virtuel plutôt que de partager de tendres moments avec elle ? qui préférait la laisser seule, la nuit, plutôt que de se blottir contre elle ? qui préférait la fuir plutôt que de la comprendre quand, à bout de forces et en pleurs, elle déversait son désespoir et sa tristesse ? Comment avait-elle pu accepter tout cela ? Elle avait dû être amoureuse, c'est sûr. Elle avait dû lui trouver des qualités… Mais à présent, Sophie n'était plus amoureuse. Elle avait été trop longtemps seule et la solitude avait eu raison de ses sentiments.

De son côté, Nicolas ne comprenait pas les humeurs de sa femme. Il supportait de plus en plus mal ses perpétuels reproches. Lui, il l'acceptait telle qu'elle était. Il ne lui imposait jamais rien. Il ne lui demandait pas de changer. Il pensait qu'il avait le droit d'avoir ses hobbies, le droit de sortir avec ses copains. Par ailleurs, il ne faisait rien de mal lors de ses escapades lui permettant de fuir sa femme qu'il jugeait lunatique et peu compréhensive à son égard. N'avait-il pas le droit, lui aussi, à ses bulles d'oxygène ? Pourquoi s'emportait-elle si souvent contre lui ? Il avait toujours été comme ça, il ne lui avait jamais menti. Il l'aimait toujours, pourtant. Il tentait par tous ses moyens de la satisfaire mais il était, à chaque fois, déçu. Tous les cadeaux qu'il lui offrait ne semblaient jamais la combler. Pourquoi ne voyait-elle pas ses marques d'affection ? Il travaillait dur, pourtant, pour tout lui offrir, pour qu'elle ne manque de rien, pour qu'elle soit à l'abri du besoin.

Mais la seule chose dont Sophie avait réellement besoin, c'était de son temps, de son attention.

Une heure et demie plus tard, les compagnons de plongée rejoignirent Sophie et Catherine, le sourire aux lèvres. Émilie et Anne-Laure, excitées, racontèrent les trésors rencontrés sous les eaux : les raies majestueuses, les intrépides poissons-clowns, les étoiles de mer immenses et bleues ou vertes, les petits poissons rouges, bleus, noir et blanc ou multicolores. Émilie avait même eu la chance de croiser le chemin d'une tortue pacifique et imposante. Après ces longues descriptions, les visages animés et les regards émerveillés, ils décidèrent de piquer une tête dans la mer turquoise et limpide. Vers midi, affamés, ils se mirent en quête d'un restaurant puis ils passèrent l'après-midi dans la forêt rafraîchissante de Tembeling. Le lendemain matin, ils partirent à l'assaut de l'insolite temple Paluang avant de se reposer sur le sable chaud de Crystal Bay. Pour leur dernier jour sur l'île des Démons, ils visitèrent deux temples : l'imposant Pura Dalem Penetaran et l'ensorcelant Goa Giri Putri. Entre temples, forêt et plages, tout le monde trouva son compte dans le petit périple organisé par Anne-Laure. Chacun la remercia chaleureusement. Après avoir fait le plein d'émotions, de rires et d'enchantement, ils regagnèrent l'île des Dieux, avec de belles images et de merveilleux souvenirs en tête.

*

Le lendemain matin, les filles se réveillèrent à dix heures. Catherine avait préparé un petit déjeuner gargantuesque pour faire plaisir à ses invitées, mais aussi à elle-même, car cela la ravissait de pouvoir les dorloter. Elle savait qu'il lui restait peu de jours pour profiter de sa fille, ce qui lui déchirait le cœur, mais elle s'efforçait de ne pas y penser. Les filles étaient ravies que l'on prenne soin d'elles, car personne ne préparait le petit déjeuner à leur intention, d'ordinaire. C'étaient elles qui le préparaient pour leurs enfants et, ici, les rôles étaient inversés, alors elles se laissaient bichonner, tout en faisant savoir à Catherine combien elles appréciaient ses attentions. Elles l'étreignirent à tour de rôle et la remercièrent, tout en s'extasiant sur l'abondance de ce petit déjeuner royal. Émilie lui dit qu'elle était une vraie mère poule, Sophie lui affirma qu'elle était une mère fantastique et Anne-Laure l'embrassa fermement sur la joue. Les compliments et l'amour de sa fille lui ramollirent le cœur ; Catherine avait envie de pleurer. Mais elle tint bon, elle ne voulait surtout pas faire honte à sa fille, qui avait horreur des effusions. Catherine avait préparé une salade de fruits fraîchement découpés, composée de mangues, de goyaves et de papayes. Elle avait aussi préparé des « banana pancakes ». Lorsque Émilie croqua dans l'un d'eux, elle s'extasia aussitôt :

– Mon Dieu, c'est à tomber par terre ! Qu'est-ce que tu as mis là-dedans ?

– Ce sont des pancakes à la banane saupoudrés de noix de coco râpée, l'informa Catherine.

– Je n'ai jamais goûté une telle chose !

Sophie les goûta à son tour, en raffola immédiatement et plaisanta :

– Est-ce qu'on peut revenir vous voir, disons… une quinzaine de fois par an ?

– Oui, mais dépêchez-vous, intervint Philippe, car nous ne resterons pas à Bali indéfiniment.

– Vous avez pour projet de revenir en France ? s'étonna Sophie.

– Surtout pas ! s'exclama Catherine.

Philippe expliqua leur projet :

– Ensuite, nous partons nous installer en Nouvelle-Zélande.

– Pourquoi ? demanda Sophie, intriguée.

Philippe termina son jus de pommes et kiwis fraîchement pressés et poursuivit :

– Parce que nous profitons de notre retraite pour explorer toute la beauté de cette terre avant de la quitter.

Sophie fut surprise que l'on puisse vouloir quitter un si joli pays. Tout lui paraissait si paradisiaque, fantastique, dépaysant et apaisant. Curieuse d'en savoir davantage, elle relança :

– Quand partez-vous ?

– On n'est pas encore fixés. Quand on sera las de faire toujours les mêmes choses ici, la renseigna Catherine.

Cette dernière phrase résonna dans la tête de Sophie. Ainsi, même dans le plus beau pays du monde, les retraités fortunés entourés d'amis pouvaient se lasser. L'ennui n'épargnait donc personne, y compris sous les plus belles latitudes. Sophie allait se laisser couler par des pensées mélancoliques mais heureusement, Philippe rompit le silence qui venait de s'installer en proposant aux filles de l'accompagner au marché. Anne-Laure et Sophie acceptèrent, mais Émilie avait plutôt envie de se prélasser à la villa. Elle aidait Catherine à débarrasser la table tandis que Sophie, Anne-Laure et son père gravirent les escaliers quatre à quatre pour rejoindre leur chambre et se préparer en vue de leur sortie.

Lorsqu'ils lancèrent un sonore « à tout à l'heure ! » à l'adresse de Catherine et d'Émilie, celles-ci étaient déjà confortablement installées dans les transats autour de la piscine, une tasse de café à la main. Elles parlaient de tout et de rien lorsque Catherine demanda des nouvelles de Sébastien. Émilie hésita un instant puis se lança :

– Justement, je souhaitais évoquer avec toi quelque chose de particulier, si c'est possible.

– Bien sûr, dis-moi ! l'invita Catherine de sa voix chaleureuse.

Et Émilie lui confia la trahison de Sébastien, son désarroi, son questionnement actuel, ses doutes sur sa capacité à pouvoir et à vouloir pardonner et ses peurs à propos de ce qu'il allait arriver à ses enfants si elle quittait Sébastien. Enfin, elle osa lui poser la question qui lui trottait dans la tête depuis son arrivée chez les parents de son amie :

– Comment as-tu réussi à pardonner à Philippe ?

Émilie observa du coin de l'œil la réaction de Catherine, mais celle-ci ne semblait pas gênée, car Anne-Laure avait averti sa mère, quelques jours plus tôt, de la situation dans laquelle se trouvait Émilie, de son besoin actuel d'être soutenue et de trouver des réponses.

– Pardonner, c'est la chose la plus difficile à faire.

Catherine se plongea dans de vieux souvenirs et, le regard perdu dans le vague, elle reprit :

– J'étais tellement enfermée dans ma tristesse et dans ma colère que je ne mesurais pas tout le mal que j'infligeais à mes enfants. Ils voyaient que j'avais pris leur père en grippe, ils entendaient les reproches incessants que je lui faisais, ils assistaient à des scènes qu'ils ne comprenaient pas. Et puis un jour, j'ai cessé de ne penser qu'à moi, je me suis ressaisie et j'ai agi en adulte, pour protéger mes enfants. Ils n'avaient pas à subir tout cela.

– Oui, mais comment as-tu fait pour pardonner ? Pourquoi ne l'as-tu pas quitté ?

Catherine réfléchit un court instant et tenta d'expliquer à Émilie son raisonnement de l'époque :

– Au début, j'étais engluée dans mes sentiments et incapable de bien raisonner. Puis je me suis posée la question de savoir si je voulais quitter Philippe. Si j'étais capable de vivre sans lui. Et je me suis rendue compte que je ne pouvais pas vivre sans lui. Je l'aimais toujours, malgré ce qu'il avait fait... Je devais rétablir la paix pour l'équilibre de mes enfants, alors j'ai décidé de pardonner et d'oublier.

– Tu as regretté ton choix, par la suite ?

– Non, je n'ai jamais eu à regretter mon choix. Nous nous sommes pardonnés l'un, l'autre. Et il m'a offert les plus belles années de ma vie. Nous avons eu et nous avons encore de merveilleux moments ensemble.

Émilie ferma les yeux et songea : « Est-ce que j'aime encore Sébastien ? » Non, elle ne l'aimait plus. Elle se rendit à l'évidence qu'une distance s'était creusée entre eux au fil des années. Les gestes tendres avaient disparu peu à peu, tout comme les attentions délicates. Ils avaient appris, au fil du temps, à ne plus compter l'un sur l'autre, à se débrouiller seuls. Chacun dans leur bulle, ils vaquaient à leurs propres occupations… Ils étaient devenus davantage des colocataires que des amants.

Catherine ferma les yeux, à son tour, se réjouissant du soleil qui dardait ses rayons sur sa peau délicate parsemée de tâches brunâtres. Elle se mit alors à penser que ces trois filles-là n'avaient pas fait ce voyage sans raison. Elle comprit que cette échappée était nécessaire, à ce moment-là précisément, parce qu'Émilie et Sophie étaient en proie à d'éprouvants tiraillements intérieurs. Tout à coup, elle sursauta. « Et si ma fille avait, elle aussi, un problème dont elle n'a pas osé me parler ? »

Quand Philippe, Anne-Laure et Sophie rentrèrent du marché, les bras chargés de provisions, Émilie et Catherine se levèrent et les rejoignirent à la cuisine pour les aider à ranger. Anne-

Laure exhiba joyeusement les vêtements exotiques qu'elle avait dénichés. Catherine alla faire tourner la machine à laver le linge, puis elle monta frapper à la porte de la chambre de sa fille. Elle s'assit sur le lit et lui demanda si tout allait bien pour elle à Paris. Anne-Laure lui affirma que tout allait pour le mieux. Catherine insista ; sa fille la rassura en lui jurant qu'elle le lui dirait si quelque chose la tourmentait. Elle lui expliqua qu'elle réussissait parfois à trouver des missions professionnelles intéressantes et qu'elle était entourée d'amis. Lorsque ses parents lui manquaient alors elle rendait visite à son frère et sa belle-sœur. Catherine voulut savoir si elle avait enfin rencontré quelqu'un. Anne-Laure se sentait toujours irritée par cette question mais ne s'emportait jamais et, encore moins, contre ses parents. Elle lui répondit gentiment qu'elle n'avait rencontré personne d'intéressant et qu'elle préférait toujours être seule que mal accompagnée. Cela désespérait Catherine, que sa fille ne se soit pas remise en couple, après la disparition de Marc. Elle aurait tant aimé qu'elle retrouve l'amour et s'épanouisse. Anne-Laure assurait à sa mère que le célibat ne l'empêchait en rien de s'épanouir, mais elle ne parvenait jamais à la convaincre.

Les cinq compagnons passèrent l'après-midi à la villa. Une cabale s'organisa contre Philippe pour le couler au fond de la piscine. Catherine aimait cette joie et ces éclats de rire qui manquaient à sa maison depuis que les enfants avaient pris leur envol. Elle assistait à cette scène, émue, heureuse et un brin nostalgique. Philippe se laissait faire, comme il en avait eu l'habitude par le passé, avec ses enfants lorsqu'ils étaient petits : feindre de se débattre, les laisser gagner. C'était une époque révolue. Une époque qui avait eu son lot de joies mais aussi ses contraintes. Aujourd'hui, Philippe et Catherine étaient plus libres qu'auparavant mais aussi, certainement, plus seuls. Ils avaient eu deux enfants ; Catherine regrettait leurs rires francs, leurs câlins désintéressés, leur amour pur. Elle ne regrettait pas les pleurs, les disputes, les gastros, les « Maman ! » qui vous assaillent cent fois par jour, le manque de sommeil, les choses qu'il faut répéter mille fois, le désordre, les allers-retours chez le docteur et aux activités sportives. Et, plus tard, les angoisses nocturnes à attendre que les enfants, devenus grands, regagnent la maison. Néanmoins, tout cela valait la peine d'être vécu. Ce qui lui avait tant pesé, parfois, ne lui paraissait plus si terrible à présent. Aujourd'hui, tout cela était loin derrière elle. Finalement, ça passait vite, et maintenant il fallait vivre en essayant de se pardonner de ne pas avoir pu, ou su, être plus disponible pour ses enfants.

Philippe ressortit de la piscine en boitant.

– Ouh, là, là ! je vais avoir des bleus partout, demain ! prédit-il.

– Mon pauvre chéri, allonge-toi. Ce n'est plus de ton âge, tout ça ! se moqua gentiment Catherine.

Philippe se sécha énergiquement, s'enduisit de crème solaire en couches épaisses et informa les filles des prochains évènements :

– Demain, nous avons des amis français qui viennent déjeuner à la maison et, après-demain, nous sommes invités à un Odalan.

Les filles sortirent, à leur tour, de la piscine et s'allongèrent sous les parasols.

– Qu'est-ce que c'est ? interrogea Émilie.

– C'est une cérémonie de bénédiction du temple. Ce sont des amis balinais qui nous invitent aux préparatifs, car nous leur avons dit que vous étiez, en ce moment, parmi nous, répondit Catherine.

Philippe précisa :

– Les Balinais fêtent, tous les ans, l'anniversaire de construction des temples, et comme il y a de très nombreux temples sur l'île, comme vous avez pu le remarquer, il y a donc des cérémonies toute l'année !

Les filles étaient ravies de pouvoir s'immerger davantage dans la culture des Balinais, d'aller à leur rencontre, de partager un moment de leur vie. Elles avaient déjà visité beaucoup de lieux, mais comme des touristes, comme des étrangères. Elles se réjouissaient à l'idée de vivre une expérience unique qui viendrait compléter de manière concrète toutes les informations données par Sophie.

Catherine fit quelques recommandations à ses protégées :

– Comme vous aimez bien rire, les filles, attention, le jour de l'Odalan, de ne pas rigoler. C'est une cérémonie sérieuse et sacrée. Si vous vous mettez à rire, les Balinais pourraient croire que vous vous moquez.

– Oui, merci de nous prévenir, maman. C'est sûr qu'un petit rire, pourtant sans méchanceté, pourrait très bien nous échapper.

– Nous serons irréprochables ! assura Sophie.

– Ça va être rasoir si on ne peut pas rire ! bougonna Émilie qui pensait qu'on pouvait très bien rire sans pour autant se moquer.

La journée passa agréablement, à un rythme lent. Un rythme qu'Émilie ne connaissait pas d'ordinaire ; à l'opposé de celui, effréné, auquel elle était habituée en région parisienne. Prendre le temps, réduire la cadence, avait des vertus qu'elle ne soupçonnait même pas avant de s'embarquer dans ce voyage. Malgré ses pensées qui la ramenaient inlassablement vers Sébastien et ses enfants, le rythme de ce séjour l'avait apaisée. Elle ne se sentait, à présent, plus du tout stressée ou fatiguée. Elle savait néanmoins que tout cela serait de courte durée ; que le stress et la fatigue l'attendaient, de pied ferme, sur le tarmac de l'aéroport de Roissy. Alors, elle ferma les yeux pour profiter pleinement de cette parenthèse éphémère. Tout recommencera comme avant dans quelques jours, sauf si… sauf si elle tournait la page de ce métier dont, finalement, elle avait fait le tour.

*

Le lendemain, les amis français de Catherine et Philippe arrivèrent aux alentours de midi. Catherine et Philippe avaient rencontré Marie et Alain à Bali, et pourtant, ces derniers étaient parisiens, eux aussi. Lorsque les retraités avaient fait connaissance, ils s'étaient aperçus qu'ils avaient des amis parisiens en commun. De plus, Philippe et Alain avaient travaillé pour une même entreprise mais à des dates différentes. Puis tous deux s'étaient lancés à leur propre compte mais dans des secteurs d'activités distincts. Enfin, tout comme Catherine et Philippe, Marie et Alain avaient choisi de s'installer à Bali pour profiter d'une retraite ensoleillée. Le hasard les avait rassemblés et tous ces points communs les avaient unis.

Désormais, il ne se passait plus une semaine sans que ces quatre-là ne se voient pour jouir des plaisirs simples de la vie entre ripailles, repos et balades. Quand le quatuor se séparait, Catherine et Marie s'adonnaient aux promenades et au yoga tandis que Philippe et Alain préféraient plonger et pêcher. Aussi, les femmes s'immergeaient davantage que leur mari dans la vie balinaise. Elles s'initiaient à la danse traditionnelle, la peinture et la vannerie. Elles faisaient également partie d'une association dispensant des cours de français aux Balinais qui souhaitaient l'apprendre. Ainsi, grâce à toutes leurs activités, elles côtoyaient de nombreux Balinais, dont certains avec lesquels elles avaient pu tisser des liens d'amitié. Les hommes, eux, préféraient entretenir une relation exclusive qu'ils souhaitaient préserver, et jouissaient des plaisirs simples en partageant un bon repas ou en communiant avec la nature.

Pour faire plaisir à ses invitées, Philippe avait encore préparé un plat typiquement balinais alors même qu'il rêvait d'une grosse côte de bœuf bien saignante. Il servit un Urab composé de riz, de légumes hachés et de chair de coco. Catherine avait préparé le gâteau préféré de Sophie pour fêter son anniversaire : une forêt-noire. Cette dernière ne se doutait pas que toute la maisonnée avait préparé des surprises en son honneur. Le secret avait été bien gardé. Alors, quand vint l'heure du dessert, Catherine dévoila la forêt-noire et entonna le traditionnel « Joyeux anniversaire ». Sophie fut surprise et émue. Ses amies extirpèrent des cadeaux, soigneusement dissimulés aux quatre coins du salon ; quelques larmes de joie s'échappèrent des yeux de Sophie. Émilie lui offrit une statuette en bois représentant Shiva et sur laquelle son amie avait lorgné au marché d'Ubud. Anne-Laure, quant à elle, lui offrit une jolie tunique bleue qui lui allait parfaitement bien au teint. Sophie embrassa et remercia tout le monde chaleureusement : de telles attentions lui allaient droit au cœur.

Le repas fut bien arrosé, joyeux et animé. Les amis passèrent tout l'après-midi attablés, à manger, parler et rire quand, vers dix-sept heures, Philippe annonça à brûle-pourpoint :

– Savez-vous, Mesdemoiselles, vous qui adorez les cocktails, qu'Alain est un orfèvre en la matière ?

– Oui, mais nous, on ne boit que des cocktails qui déchirent, pas de la « gnognote » ! lança Émilie à l'attention d'Alain, tel un défi que ce dernier se devait de relever.

La tournée des cocktails commença donc et tout le monde voulut en préparer un de sa spécialité, si bien qu'au fil de la soirée, les esprits s'enivrèrent, les langues se délièrent, les mots dépassèrent les frontières. Philippe, qui aimait parler de politique avec Sophie, jeta le sujet sur la table puis la conversation glissa doucement vers l'écologie. Ils échangeaient de façon plutôt rationnelle quand, soudain, Émilie, complètement éméchée, fit part de ses idées les plus sombres pour préserver la planète.

– Je propose que seules les personnes dotées d'un quotient intellectuel supérieur à cent vingt, aient le droit de se reproduire. Et un seul enfant par couple, c'est bon pour la planète, ça, non ? En plus, si seulement les gens intelligents peuvent se reproduire, ça fait moins de cons sur Terre ! Deux en un !

– Mais c'est un vrai dictateur ! s'exclama Anne-Laure, s'interrogeant subitement sur le niveau de son QI.

Catherine, Philippe, Alain et Marie, l'esprit embué, se mirent à rire.

– Oh, je viens d'avoir une idée lumineuse ! Ça va moins vous faire marrer ! reprit Émilie. Attention, vous êtes prêts ?

– Non ! cria aussitôt Sophie. Il vaut mieux que tu te taises, je ne le sens pas du tout !

– Obligés de mourir à quatre-vingts ans ! lâcha Émilie dans un ricanement, contente de pouvoir exercer son humour sarcastique.

– Oh, non ! non ! hurlèrent les autres en chœur.

Émilie, ravie de son effet, décida de prolonger son plaisir :

– À quatre-vingts ans, une petite piqûre en intraveineuse pour quitter tranquillement ce monde et faire de la place !

Émilie riait, les autres se mirent à la huer. Elle se fit traiter d'affreuse, de sans-cœur, de tyran, de meurtrière.

– Et pourquoi pas à cinquante ans, tant que tu y es ? Pourquoi continuer de polluer la planète jusqu'à quatre-vingts ans ? demanda Marie, offusquée.

– Parce que personne ne va voir les vieux ! Ça n'intéresse pas les jeunes de venir les entendre radoter. Ils ont mal partout et ils s'ennuient ! Je suis sûre que ça leur rendrait service d'abréger ces longues heures creuses et de les aider à partir dans la dignité.

Les huées avaient repris. Émilie avait fait un tollé mais elle continuait de rire comme une bossue de ses idées incongrues et cyniques. L'humour d'Émilie était inimitable et parfois, tellement particulier, qu'il ne faisait rire qu'elle-même.

– Oh, ça va ! si on peut plus rigoler ! se justifia-t-elle.

Sophie avança :

– Je suis sûre qu'elle pense ce qu'elle dit, en plus !

– Mais non, c'était pour rire ! Vous n'êtes pas fans de l'humour noir, c'est tout !

Anne-Laure confirma :

– Ne vous inquiétez pas, je la connais. C'est son humour spécial mélangé à l'alcool qui fait des ravages !

Puisque Émilie avait ouvert le bal avec de l'humour noir, ils enchaînèrent alors naturellement sur un concours de blagues et tout y passa : les blagues drôles, les blagues gentilles, les blagues salaces, les blagues qui tombent à plat. La gaieté et les crises de rires aux larmes égayèrent cette fin de journée qui se prolongea délicieusement jusqu'à une heure avancée de la nuit. Ce soir-là, tous partirent se coucher, joyeux et légers. Sophie, complètement saoule, s'endormit sur son lit tout habillée, sans avoir préalablement inspecté sa chambre du sol au plafond. Aucun nuisible invisible ne vint perturber son sommeil de plomb, cette nuit-là.

*

Le lendemain matin, le réveil fut douloureux pour toute la maisonnée. Sophie avait l'impression d'avoir des abeilles dans la tête, Anne-Laure avait la gorge ultra-sèche et Émilie se sentait nauséeuse. Elles prièrent pour ne pas se retrouver malades en pleine cérémonie. Sophie rappela à Émilie toutes les horreurs qu'elle avait dites la veille au soir. Émilie répliqua qu'il était impossible qu'elle ait pu dire de pareilles choses. Anne-Laure confirma les propos de Sophie. Émilie n'en avait gardé aucun souvenir. Elle assura aux filles que, si elle avait dit cela, alors ce ne devait être uniquement que pour plaisanter. Catherine la conforta dans cette pensée en lui affirmant qu'elle ne devait surtout pas s'inquiéter, car tout le monde s'était bien amusé et avait passé une agréable soirée.

Après le petit déjeuner, ils rejoignirent les amis balinais de Philippe et Catherine qui les avaient invités à participer à l'Odalan de l'un des temples du village. Ils arrivèrent vers dix heures pour participer aux préparatifs. Les filles découvrirent, pour la première fois, l'intérieur d'une habitation traditionnelle. Elles purent ensuite observer la façon de confectionner les offrandes. Avec l'aide de Putu, l'une des filles de la famille, elles élaborèrent de petites compositions à base de riz, de fruits, de fleurs ou de gâteaux, et transpercées d'un bâtonnet d'encens. Puis elles assistèrent à la fabrication d'une grande composition. Cela requérait une habileté toute particulière : autour d'un tronc de bananier, il fallait disposer des gâteaux multicolores et des fruits, et les fixer avec des épines de bambou. Putu expliqua aux filles que tout avait une signification dans l'offrande : les couleurs et les choses que l'on choisissait de déposer délicatement à l'intérieur de la feuille de cocotier et même la façon de les disposer. Elle leur précisa la signification de cet acte. Selon la philosophie traditionnelle balinaise, le bonheur affluait dès lors que vous entreteniez de bonnes relations avec les dieux, les gens et l'environnement. Les filles furent frappées par la simplicité déconcertante de ce précepte, qui, pourtant, leur apparut tellement empreint de vérité. Alors, pour entretenir de bonnes relations avec les divinités, quoi de mieux que des offrandes ? Pour les dieux, bien sûr, mais aussi pour les démons, afin de les apaiser. Putu poursuivit ses explications : « C'est un rituel de remerciements et de gratitude pour tout ce qu'ils nous offrent au quotidien et ce qui nous arrive de bon dans notre vie. En retour de nos offrandes, les dieux nous accordent leur protcction. »

Putu prêta des sarongs aux filles et enfin, tout le monde s'achemina vers le temple du village dont c'était l'anniversaire de construction. Il y avait énormément de monde : tous les villageois s'étaient réunis. Chacun portait un sarong et une chemise blanche. Les femmes transportaient, sur leur tête, les grandes compositions qu'elles avaient confectionnées avec soin. Un prêtre, vêtu de blanc, aspergea les villageois d'eau bénite. Ceux-ci se collèrent des grains de riz sur le visage. Puis chacun pria, les mains jointes à hauteur du front. Ensuite, il y eut des danses au rythme de la musique. Les femmes dansaient, les hommes faisaient tinter les instruments. Émilie, Sophie et Anne-Laure n'apprécièrent pas le bruit des percussions qui leur transperçaient les oreilles, mais elles se gardèrent d'émettre le moindre commentaire afin de respecter le caractère sacré de cette cérémonie. Les mouvements des yeux des danseuses ultra-maquillées, leurs mimiques, leurs gestes semblèrent très étranges aux filles. Anne-Laure, aidée par les vapeurs d'alcool de la veille, faillit s'esclaffer lorsqu'elle remarqua les yeux exorbités de l'une des danseuses, mais elle se rappela, in extremis, les recommandations de sa mère. Alors, elle se mordit l'intérieur de la joue pour s'empêcher de rire. Émilie surprit son amie en proie à des difficultés pour garder son sérieux. À la vue de la grimace que faisait Anne-Laure, Émilie eut envie de rire, elle aussi ; elle tenta de se maîtriser mais se mordit la langue par inadvertance. Elle étouffa ses cris dans ses mains pour éviter qu'une ribambelle de jurons ne déferle de sa bouche. Anne-Laure ne pouvait plus se contenir, elle pouffa à la vue d'Émilie qui gesticulait de douleur. Sophie les foudroya du regard mais, heureusement, personne d'autre ne les avait remarquées. Les filles purent, ensuite, recouvrer une attitude digne et respectueuse jusqu'à la fin du spectacle, qui leur sembla beau et étrange à la fois.

Vers seize heures, Catherine, Philippe et leurs protégées furent invités chez leurs amis balinais à goûter certaines offrandes. Putu éclaira les filles sur ce qui s'était passé au temple et expliqua certains des gestes effectués par les danseuses. Elle évoqua, également, les principales divinités de l'hindouisme. Tout cela les passionna ; y compris Sophie, qui en connaissait déjà un rayon.

De retour à la villa des parents d'Anne-Laure, cette dernière les informa qu'elle avait quelque chose d'urgent à faire avec Émilie. Elle ne laissa pas le temps à ses parents ni à Sophie de poser des questions et conduisit Émilie en direction du garage. Celle-ci, étonnée, s'informa :

– Où va-t-on ?

– C'est une surprise !

À ces mots, Émilie se sentit tout à coup heureuse. Malgré cet après-midi riche et pittoresque, Émilie avait néanmoins besoin de légèreté et d'évasion. La proposition de son amie tombait à pic ! Anne-Laure enfourcha un scooter, Émilie se blottit derrière elle et, cheveux au vent, les filles dévalèrent les routes cahoteuses pendant près d'une heure. Les paysages verdoyants qui défilaient sous ses yeux, l'air qui fouettait son visage et s'engouffrait dans ses cheveux, la température agréable et la vitesse procurèrent à Émilie une sensation de bien-être et de liberté. Elle posa sa tête sur le dos d'Anne-Laure et laissa ses paupières se fermer pour mieux ressentir cette sensation unique et délicieuse. Quand elle rouvrit les yeux, Anne-Laure lui annonça :

– Nous sommes arrivées !

Anne-Laure gara le scooter. Elles poursuivirent à pied sur un chemin qui les mena à un pont sur lequel se trouvait un petit groupe de personnes. Émilie n'en crut pas ses yeux. Elle discerna deux instructeurs, un homme harnaché, prêt à se jeter dans le vide, et une femme qui se tenait à ses côtés.

– Un saut à l'élastique ! s'écria Émilie.

– Exactement ! acquiesça Anne-Laure. Ça te fait plaisir ?

– Pas du tout ! hurla Émilie, terrifiée.

Ahurie et les yeux écarquillés, elle dévisagea son amie ; Anne-Laure lui adressa un sourire encourageant. L'homme se jeta dans le vide dans un cri effroyable qui retentit en écho. Émilie se pétrifia. Anne-Laure alla se présenter aux instructeurs puis elle revint vers son amie et lui indiqua :

– C'est bon, dans cinq minutes, c'est à nous ! Nous sommes les dernières de la journée à passer.

Émilie, blême, ne répondit pas.

– On saute en tandem, ma poule ! C'est pas fantastique ?

– Je ne pourrai jamais ! souffla Émilie.

– Mais si ! Allez, tiens, bois un coup !

Anne-Laure tendit à son amie une flasque contenant de la vodka qu'elle avait emporté car elle se doutait qu'elles en auraient certainement eu besoin. Émilie s'en saisit et but, d'un coup sec, une grande rasade d'alcool. Puis les deux moniteurs vinrent sangler les filles et leur expliquer les consignes de sécurité. Émilie se laissa faire et engloutit une autre rasade pour tenter de s'étourdir. Elle était effrayée mais elle avait, à la fois, tellement envie de s'y essayer. Elle se dit que si elle parvenait à surmonter ce défi, alors elle pourrait tout faire dans sa vie, tout ! Elle pensa que les barrages qui s'étaient immiscés peu à peu dans son esprit avec l'âge pourraient se casser, par la seule force de sa volonté. Si elle parvenait à faire la chose qui lui paraissait la plus difficile au monde, alors plus rien ne pourrait l'arrêter. Tout lui semblerait, ensuite, d'une simplicité déconcertante. De plus, elle avait besoin de se défier, dans cette période de doutes dans laquelle elle ne se reconnaissait plus. Elle devait le faire pour que tout rentre dans l'ordre, que la crainte de prendre les mauvaises décisions s'envole et qu'elle puisse à nouveau avancer. Côte à côte, au bord du précipice, Émilie prit la main de son amie et la supplia :

– Tu prendras soin de mes enfants, si je meurs.

Anne-Laure constata à regret :

– On mourra ensemble, ma belle !

L'un des deux instructeurs commença le compte à rebours :

– Trois, deux, un, poussez !

Elles poussèrent sur leurs jambes, se jetèrent dans le vide, crièrent à gorge déployée. Émilie avait l'impression que son cœur se baladait dans sa cage thoracique, qu'il vacillait en suivant les balancements de son corps, qu'il effectuait des bonds d'avant en arrière et de bas en haut, qu'il allait s'arrêter de battre. Quand elles touchèrent enfin le sol, Émilie était déboussolée, chancelante et tremblante. Ce shoot d'adrénaline lui avait fait perdre ses repères et la notion de la réalité. Elle se trouvait, à présent, dans un état indéfinissable, à la fois surexcitée et fébrile. Il lui fallut plusieurs secondes pour recouvrer ses esprits.

– On l'a fait ! on l'a fait ! s'extasia-t-elle, encore incrédule.

Elles se tapèrent dans la main, s'enlacèrent, sautèrent sur place tout en criant de joie.

– T'es la plus forte ! affirma Anne-Laure.

– T'es la meilleure ! complimenta Émilie, en retour.

Émilie pleurait de joie. Elle embrassa son amie.

Ce soir-là, les deux inséparables ne parvenaient pas à s'endormir. Elles étaient surexcitées. Le contrecoup de l'adrénaline, sans doute. Émilie, transcendée par l'exploit qu'elle avait réalisé quelques heures plus tôt, se sentait invincible. Elle échafaudait mille défis, rêves, projets, voyages qu'elles devaient absolument accomplir ensemble. Anne-Laure, amusée, pouffait dans ses mains tandis qu'Émilie, illuminée, proposait de traverser la Manche à la nage. Soudain, un cri d'effroi retentit ; elles sursautèrent.

– Ah ! Sophie a dû rencontrer un varan ! ironisa Émilie en reprenant ses esprits.

– On est trop sage ! s'exclama subitement Anne-Laure. Allez viens !

Elles se dirigèrent vers la chambre de Sophie. Anne-Laure entrouvrit doucement la porte et découvrit Sophie, débout au milieu de la pièce, tétanisée, une tong à la main en guise de moyen de défense.

– Qu'est-ce qui t'arrive ? s'enquit Anne-Laure.

– J'ai vu une horrible bête se faufiler sous le lit.

Anne-laure se mit à quatre pattes et observa attentivement.

– Il n'y a rien ma belle. Allez, prends une culotte, on s'en va !

– Une culotte ? On va où ?

– On va faire la fête à Kuta !!!

Sophie angoissa :

– Mais c'est où ça ? c'est loin ?

– Non, c'est juste à côté !

Anne-Laure tourna les talons et lança, cette fois, à l'adresse de ses deux copines :

– Faites un sac, je ne sais pas pour combien de temps on part. Je vous attends dans le Van dans dix minutes !

Sophie paniqua, le timing était serré. Elle prit sa valise et y fourra, à la hâte, tous ses vêtements, l'ensemble de ses paires de chaussures, sa serviette de bain et celle de plage, trois ou quatre maillots de bain, ses tongs, sa trousse de toilette et, bien-sûr… sa trousse à pharmacie !

En réalité, il fallait une heure et quart de route pour rejoindre Kuta depuis la villa mais il était inutile d'alerter Sophie avec ce genre de détail. Anne-Laure descendit à la cuisine et laissa un mot à l'attention de ses parents qui dormaient : « On va faire la fête à Kuta. On a pris le Van. Bisous. »

Quand Anne-Laure vit Sophie arriver avec sa valise, elle secoua la tête.

– J'avais dit une culotte !

Sophie fit semblant de ne pas l'entendre et grimpa à l'arrière du Van. Anne-Laure démarra le moteur et brancha la musique. Elle se trémoussait, en rythme, sur le siège conducteur ; Émilie, heureuse à l'idée d'aller faire la fête, battait la mesure sur le tableau de bord ; Sophie ronchonnait :

– Zut ! j'ai oublié mon chargeur et mon passeport.

– Il n'y a pas besoin de passeport pour Kuta ! se moqua Anne-Laure.

– Je sais bien ! Mais on ne sait jamais ! rétorqua Sophie.

La nuit était dense, la route n'était pas éclairée ; Anne-Laure n'y voyait pas plus loin que le bout des phares. La chaussée était mauvaise, truffée de nids-de-poule. A l'arrière du Van, il n'y avait pas de ceinture de sécurité aux deux banquettes qui se faisaient face, séparées par une petite table en formica.

Soudain, Sophie se rendit compte qu'elle n'était pas attachée et voulut changer de place avec Émilie. Cette dernière n'y voyait aucun inconvénient. Anne-Laure se gara sur le bas-côté et les filles intervertirent leur place. Elle redémarra et poursuivit la route lentement. Malgré sa prudence, elle ne put éviter un nid de poule qu'elle découvrit trop tardivement. Un pneu éclata, Sophie poussa un cri d'effroi. Anne-Laure poursuivit jusqu'à un chemin de terre et stoppa le Van.

– On ne peut pas aller plus loin, informa-t-elle.

– T'as pas une roue de secours ? s'étonna Émilie.

– Si mais je ne sais pas comment ça se change !

Si même la plus débrouillarde d'entre elles ne se donnait pas la peine de regarder sur son smartphone comment changer une roue alors le voyage était bel et bien terminé. Émilie poussa un soupir. Anne-Laure passa à l'arrière, Sophie la suivit.

– On peut dormir à la belle étoile, c'est déjà pas si mal ! positiva Anne-Laure.

Elles débusquèrent les bouteilles d'alcool cachées sous les banquettes et décidèrent de passer, néanmoins, une bonne soirée. Émilie raconta en détail le saut à l'élastique à Sophie et les sensations extrêmes ressenties : l'adrénaline, le cœur qui se décroche, les fourmis dans les doigts, le coton dans les jambes. Puis à la lueur d'une lampe torche, Anne-Laure commença à raconter des histoires de fantômes pour faire peur à Sophie. Cette dernière hurlait de frayeur en implorant Anne-Laure de se taire. Mais celle-ci poursuivait et Émilie jubilait lorsque, tout à coup, un tambourinement métallique fit sursauter, en même temps, les trois copines. Ayant quasiment frôlée la crise cardiaque, Sophie reprit ses esprits et comprit que quelqu'un avait frappé sur la carrosserie. Elle pria Anne-Laure de ne pas ouvrir mais celle-ci haussa les épaules. Elle entrebâilla l'une des portières et tomba nez à nez avec trois jeunes garçons français qui voulaient, eux-aussi, rejoindre Kuta, en stop.

– Mais c'est le ciel qui vous envoie ! s'exclama Anne-Laure. On peut vous y conduire mais on a crevé. Il faudrait que vous changiez la roue.

– Pas de problème ! dit l'un d'eux, content de pouvoir venir en aide.

Tandis que les deux plus costauds se chargèrent de cette tâche, le dernier entreprit un brin de conversation avec les filles. Il les renseigna sur l'endroit où ils résidaient pendant leurs vacances et Anne-laure se rendit compte que ces trois jeunes hommes logeaient dans un hôtel près d'Ubud, à quelques kilomètres seulement de la villa de ses parents. Il raconta ensuite comment ils étaient arrivés jusqu'ici : deux automobilistes les avaient pris successivement en stop. A peine dix minutes plus tard, les deux costauds avaient déjà terminé de changer la roue. Les filles applaudirent et le voyage se poursuivit, désormais à six, jusqu'à l'ensorceleuse Kuta.

Les lumières et la musique jaillissaient des restaurants et des bars de la rue principale. Tout du long, s'étendait une plage où les fêtards étaient agglutinés ; les uns, assis sur le sable tiède, les autres, confortablement installés dans les fauteuils des bars de plage. Les noceurs s'étaient plongés dans l'ambiance électrisante depuis des heures. L'effervescence du lieu faisait monter l'excitation chez les six compagnons. Arrivés à une heure tardive, ils n'avaient pu assister au coucher du soleil mais ils étaient bien décidés à profiter pleinement du reste de la soirée qui s'offrait à eux. Après avoir fait quelques pas, ils décidèrent de pénétrer dans un bar où se propageait une musique « techno ». Les gars commandèrent immédiatement une tournée de Arak-orange. Sophie voulut savoir ce qu'elle allait ingurgiter ; l'un des garçons lui expliqua qu'il s'agissait d'un cocktail à base d'alcool de riz et de jus d'orange. Chaque garçon paya sa tournée pour remercier les filles du trajet puis ils voulurent se déchaîner sur des rythmes electro mais les filles ne voulaient pas s'enfermer et préféraient s'allonger sur la plage. Avant de se séparer, Anne-Laure laissa aux jeunes son numéro de téléphone au cas où ils auraient besoin d'un « taxi » pour le retour. Les gars embrassèrent chaleureusement les filles et, surexcités, rejoignirent les clubbeurs d'une boîte branchée.

Le trio féminin, quant-à-lui, s'achemina vers la plage où certains noctambules dansaient ; d'autres bavardaient, chantaient, riaient ou jouaient de la musique. Leur intuition les mena vers un groupe attroupé autour d'un feu de camp, pourtant interdit. Elles se présentèrent et se mêlèrent aux discussions. Les bouteilles d'alcool passaient de main en main et, certains, complétement éméchés, s'essayaient au jonglage et aux cabrioles sous les yeux d'un public ivre de joie, qui en réclamait davantage. Émilie fit la connaissance d'un bel Italien qui lui indiqua qu'elles avaient raté une parade improvisée par une troupe d'amateurs excentriques. Sophie, quant-à-elle, discutait avec un jeune Australien d'une vingtaine d'années tandis qu'Anne-Laure échangeait avec des Françaises, arrivées sur l'île des Dieux depuis la veille. Après des heures de discussions et de rires, certains voulurent se dégourdir les jambes sur un bateau d'où leur provenaient les vibrations d'une musique live produite par plusieurs « dj » qui se relayaient. Cette fois, les filles se laissèrent entraîner et elles dansèrent jusqu'aux premières lueurs du matin. Quand la fatigue et l'étourdissement les gagnèrent complètement, elles rejoignirent à nouveau le banc de sable et s'y allongèrent. Anne-Laure avait remarqué, tout au long de la nuit, les regards alanguis et l'attitude séductrice du jeune Australien envers Sophie, qu'il n'avait pas quittée de toute la soirée. Anne-Laure lança à l'attention de cette dernière :

– Je crois que ton ami t'attend… et ce n'est pas pour danser, cette fois !

Anne-Laure indiqua du regard l'Australien qui discutait au loin, tout en jetant des regards dénués de toute ambiguïté en direction de Sophie. Celle-ci rétorqua immédiatement :

– Eh bien, il va attendre longtemps !

– Allez, lâche-toi ! Profites-en ! insista Anne-Laure. Ça ne te fera pas de mal.

Sophie n'en croyait pas ses oreilles.

– Mais, c'est pas vrai ! Je ne suis pas une « Marie-couche-toi-là ».

– Rhôôô ! Personne n'a dit ça ! Ça va te faire du bien, je te dis.

Émilie éclata de rire et insista, à son tour lourdement, pour taquiner son amie :

– Mais oui, ça va te faire un bien fou. Tu as le droit de te faire plaisir depuis le temps que tu t'emmerdes avec Nicolas !

– Non mais je rêve ! Vous êtes complètement saoules ? Je ne vais pas coucher avec le premier venu ! Et c'est un gosse, en plus !

– Oui, un beau gosse ! Allez-vas-y ! répéta Émilie.

– Non mais ça va pas ! Allez-y, vous !

– Mais c'est toi qu'il veut ! Regarde les coups d'œil qu'il te lance…

– Mais je m'en fous ! Va coucher avec ton bel Italien, toi !

– Ah, non ! Je ne suis pas une « Marie-couche-toi-là » ! répliqua Émilie en reprenant, exprès, les termes désuets de Sophie pour l'agacer davantage.

– Alors vous, non ? Mais moi, je devrais l'être ? Vous ne manquez pas d'air.

Anne-Laure se mit à rire à gorge déployée :

– « Vous ne manquez pas d'air », quelle expression de vieux !

Après une longue séance de rires, elles décidèrent de regagner le Van pour rentrer à la villa. Elles dirent « au revoir », à celles et ceux qui avaient partagé leur nuit d'ivresse et de délires et qui se trouvaient encore là malgré le jour qui pointait. Sophie eut du mal à repousser les avances du bel Australien qui devenait carrément collant. Les autres échangèrent des numéros de téléphone. Il y eut des embrassades et des promesses de retrouvailles. Émilie vint au secours de Sophie, qui n'arrivait pas à se libérer de l'emprise du jeune Australien. Elle lui assena un « Adieu ! » glacial et tira énergiquement Sophie par le bras. Elles montèrent dans le Van et décidèrent de ne pas prendre le volant immédiatement, c'était plus prudent. Anne-Laure contacta ses parents pour les rassurer et leur donner des nouvelles. Elle leur indiqua qu'elles allaient profiter de la plage, s'y baigner et y dormir avant de reprendre la route en fin de journée.

*

C'était le dernier jour pour les filles, à la villa. Le lendemain, elles devaient reprendre l'avion pour Paris. Les cœurs étaient serrés, car chacune avait passé un excellent séjour dans une bulle hors du temps, loin des contraintes et des soucis. Catherine se sentait morose à l'idée de devoir se séparer de sa fille. Elle ne savait pas quand elle la reverrait, ce qui ajoutait à sa peine. Parfois, elle regrettait d'être si éloignée, mais l'oisillon avait quitté le nid depuis longtemps. Catherine savait bien que même si elle était restée vivre à Paris, elle n'aurait guère vu sa fille plus souvent. En effet, Anne-Laure menait sa propre existence en égrenant son temps entre son travail, ses voyages et ses copines.

Au petit déjeuner, dans une atmosphère maussade, personne ne desserra la mâchoire. Anne-Laure et son père allèrent au marché, laissant Sophie et Émilie à la villa. Sophie gagna sa chambre pour préparer sa valise et téléphoner à son mari et à ses enfants. Émilie et Catherine prirent place dans leur endroit préféré : sur les transats, près de la piscine. Catherine évoqua la beauté de la cérémonie à laquelle ils avaient tous assisté l'avant-veille et la gentillesse de leurs amis balinais. Entendre parler de cérémonie éveilla l'esprit d'Émilie sur une chose importante dont elle devait s'entretenir avec Catherine. De but en blanc, elle lui demanda :

– Est-ce qu'Anne-Laure t'a dit que j'allais organiser une cérémonie de funérailles pour Marc ?

Catherine, surprise, marqua un temps avant de répondre :

– Non… elle ne m'en a pas parlé !

– Je crois que ce serait bien qu'elle puisse enfin faire son deuil et ainsi passer à autre chose.

– Tu as tout à fait raison. C'est une très bonne chose. Je te remercie de faire cela pour elle… et pour nous.

– Pourquoi ça n'a jamais été fait, depuis le temps ?

– Parce qu'Anne-Laure s'y était toujours opposée… jusqu'à présent.

– Elle a l'air prête maintenant, affirma Émilie.

Catherine ne répondit pas. Émilie poursuivit :

– Je viens seulement d'apprendre pour Marc. Sais-tu pourquoi elle ne m'avait jamais parlé de Marc auparavant ? Je croyais que j'étais sa meilleure amie…

– Parce que c'était trop douloureux pour elle d'en parler. Tu ne peux pas imaginer par quoi elle est passée… et nous aussi, par la même occasion. Nous aimions beaucoup Marc ; ils étaient si heureux ensemble. Et voir notre enfant souffrir et se sentir impuissants… C'est terrible !

– J'aimerais que tu me racontes, si tu veux bien, pour que je puisse mieux comprendre pourquoi elle ne s'est jamais confiée à moi sur cet événement. Et comme je dois organiser la cérémonie, j'ai aussi besoin d'en savoir plus sur Marc.

– Il ne faut pas que tu en veuilles à Anne-Laure d'avoir tu cet épisode de sa vie. Tu ne peux pas t'imaginer la souffrance et les épreuves par lesquelles elle a dû passer.

Catherine se redressa dans son siège et se mit à expliquer :

– Déjà, il faut que tu saches que disparaître à l'étranger, c'est compliqué d'un point de vue administratif. La police française ne peut pas intervenir sur un territoire étranger. C'est la police locale qui fait les recherches. Il y a eu de très nombreuses formalités à accomplir et de nombreux allers-retours en Thaïlande pour procéder par nous-mêmes à des recherches car nous avions le sentiment que l'enquête avait été bâclée par les autorités thaïlandaises. Il n'y avait aucun témoin, aucun corps, aucun suspect. C'est terrible, tu sais, de ne pouvoir obtenir des investigations complémentaires plus poussées… ce sentiment d'impuissance... Nous avons dû mandater un détective privé et nous rendre sur place pour tenter de trouver des indices par nous-mêmes ; nous avons posé des affiches avec le portrait de Marc, interrogé des gens. Tout cela est très lourd et très difficile à vivre, tu sais.

– Mais il a disparu en mer ?

– On ne sait pas. Anne-Laure dormait. Est-ce qu'il est parti, à un moment donné, acheter une glace ou un sandwich et n'est jamais revenu ? C'est la police thaïlandaise qui a conclu très rapidement qu'il avait disparu en mer, car c'était ce qui semblait le plus évident. Mais nous n'aurons jamais, hélas, de certitude sur ce qui s'est passé réellement. Et la tristesse… et la colère lorsque Anne-Laure reçoit, comme un coup de massue sur la tête, que son fiancé est peut-être parti de lui-même, qu'il l'a abandonnée ! Anne-Laure a même été soupçonnée, tu sais ? Ça a été le plus dur, pour elle et pour nous.

– C'est tellement bizarre que personne n'ait rien vu…

– Oui, personne ne s'est souvenu de Marc en particulier ou d'un jeune homme nageant au loin. Ou d'un jeune homme se faisant kidnapper ou prit dans une rixe… Rien ! À chaque fois que nous repartions pour la Thaïlande, nous nourrissions des espoirs de trouver des indices, des témoignages. Et c'est tellement difficile de revenir sans rien ! C'est un sentiment d'échec. Il faut que tu comprennes qu'Anne-Laure a été prise dans un ascenseur émotionnel pendant des années, pensant tantôt qu'il était mort, tantôt qu'il était en vie quelque part. Nous sommes passés par toutes sortes de sentiments : tristesse, colère, espoirs, déceptions… C'est un véritable calvaire ! Et, enfin, quand tu te résous à abandonner les recherches, tu as un sentiment de culpabilité. La culpabilité d'abandonner, doublée du sentiment d'échec. C'est très difficile psychologiquement de supporter tout cela.

– Je suis vraiment désolée… J'étais bien loin d'imaginer tout ce calvaire, balbutia Émilie, chamboulée.

Comme Catherine semblait aller bien, Émilie se permit de poursuivre :

– Et Marc, comment était-il ?

Catherine ferma les yeux pour mieux se remémorer le visage de Marc ; elle sourit et le décrivit :

– C'était un beau jeune homme, grand, brun, mince, athlétique. Il était si bien éduqué, si gentil ! Il était sportif. Il faisait du vélo, du jogging et de l'escalade. Il aimait voyager, comme ma fille. Je te donnerai des photos de lui si tu en as besoin pour la cérémonie. Tu devrais demander à Anne-Laure, aussi, qu'elle te décrive Marc, et également appeler ses parents. Je te donnerai leur numéro.

Émilie remercia Catherine de l'avoir éclairée sur le silence d'Anne-Laure à l'égard de cet épisode tragique. Elle était loin d'imaginer combien son amie avait pu souffrir, car elle ne l'avait connue que forte, toujours de bonne humeur, souriante et profitant de ce qu'offrait la vie. Anne-Laure avait réussi à remonter la pente ; la douleur s'était atténuée au fil des années et depuis, elle avait eu la force de caractère de retrouver un bel état d'esprit. C'est ainsi que, tout à coup, Émilie comprit l'une des citations qu'Anne-Laure lui avait souvent répété : « Le bonheur est un état d'esprit. »

Sophie redescendit et vint se joindre à Émilie et Catherine. Anne-Laure et son père rentrèrent du marché, heureux d'avoir passé un dernier moment entre père et fille. Pour se remettre du baume au cœur, ils décidèrent de jouer à des jeux de société. Les rires revinrent au fur et à mesure des parties endiablées. Marie et Alain débarquèrent pour souhaiter un bon retour aux filles et Philippe les invita à rester. Il prépara un barbecue pantagruélique et l'après-midi passa chaleureusement entre les éclats de rire, les danses improvisées, les sourires de connivence, les embrassades, les boutades, les regards attendris. Chacun passa un moment divertissant, les éloignant de leurs pensées maussades du matin. L'anxiété, la tristesse ou la mélancolie des uns et des autres, s'évapora peu à peu. Les mots « séparation », « stress » ou encore « routine » ne vinrent plus tintinnabuler et résonner en écho dans leur tête, en cette fin d'après-midi-là.

Chapitre 5

Plusieurs idées disparates avaient germé dans l'esprit d'Émilie pendant ses vacances forcées : ralentir le rythme, mieux conjuguer sa vie de maman avec sa vie professionnelle, se lancer dans une nouvelle activité palpitante, être son propre patron. Elle avait dix-sept heures de vol pour y penser. Tandis que Sophie ronflait sous l'effet d'un somnifère qu'elle avait pris afin d'épargner ses amies pendant ce vol retour, Émilie ajusta son fauteuil, descendit la tablette de siège et lança à Anne-Laure :

– Prête-moi ton Ipad, voleuse d'ordinateur !

Anne-Laure le lui tendit ainsi qu'un bloc-notes et un stylo. Émilie ouvrit une page blanche. Elle y jeta, en vrac, toutes les idées qui lui passaient par la tête, sans s'autocensurer. Tout noter, tout ! Puis elle ferait le tri. Elle inscrivit alors tous les métiers qu'elle aurait aimé exercer du haut de ses quarante ans et auxquels elle n'avait jamais pensé auparavant. Elle se surprit à écrire : tenir une maison d'hôtes en Ardèche, ouvrir une boutique d'objets de décoration pour la maison, reprendre un bar-tabac à la campagne, devenir coach en développement personnel ou encore psychothérapeute. Elle tentait de réfléchir et faire un choix parmi tous ces métiers hétéroclites, mais elle n'y parvenait pas. Toutes ces idées, pourtant si différentes, lui plaisaient ; aussi décida-t-elle de lister les avantages et les inconvénients de chacune. Pendant les nombreuses heures de vol, elle ne ferma pas l'œil une seule fois. Malgré la connexion lente et les nombreuses coupures, elle explora Internet à la recherche d'informations et de témoignages. Elle lut tout ce qu'elle put trouver sur les différents métiers qu'elle avait listés et elle noircit des pages. Elle releva les coordonnées d'un centre pour effectuer un bilan de compétences, les études ou les formations à effectuer pour changer de métier, le salaire moyen au démarrage, la façon de faire une étude de marché, un business plan… Quand l'avion se posa, Émilie avait une tonne d'informations en tête et elle était tout excitée par ces nouveaux projets qui se dessinaient devant elle.

Elles récupèrent leurs valises. Sophie étreignit ses copines et grimpa dans un taxi pour rentrer à Saint-Cloud. Anne-Laure regagna son appartement parisien, accompagnée d'Émilie. Une fois les valises déposées dans l'entrée, Anne-Laure adressa un texto à ses parents pour les rassurer. Émilie en transmit un à Sébastien pour lui dire qu'elle irait chercher les enfants à l'école le lendemain puis elle alluma son ordinateur portable. Anne-Laure prépara un café et rejoignit Émilie au salon. Elle tendit une tasse à son amie et se posa à côté d'elle, sur le canapé.

– Déjà en train de prendre connaissance de tes mails pro ? interrogea-t-elle.

– Non, je regarde les appartements. Qu'est-ce que tu penses de celui-ci ?

Elles procédèrent à une sélection de logements proches de l'école des enfants, puis Émilie passa quelques coups de fil pour prendre des rendez-vous de visites. Ensuite, elle expliqua à Anne-Laure son nouveau projet professionnel. Anne-Laure ne comprit pas l'objectif d'Émilie : changer de métier ou avoir plus de temps pour ses enfants ? Elle tenta de faire comprendre à son amie qu'il serait incompatible d'être à son propre compte tout en espérant se dégager du temps supplémentaire. Elle lui dit, que de surcroît, elle serait mère célibataire et qu'elle devrait, par conséquent, tout gérer seule. Émilie lui répondit que, de toute façon, c'était déjà le cas ; Sébastien ne faisant rien pour l'aider à la maison. Anne-Laure, inquiète pour son amie, tenta à nouveau de la raisonner :

– Tu as un très bon salaire grâce à ton travail actuel. Tu peux t'offrir les services d'une aide-ménagère, d'une garde d'enfants, des vacances… Quand tu n'auras plus le même salaire, tu seras obligée de tout faire par toi-même et de te serrer la ceinture. Si tu veux plus de temps pour tes enfants, demande tes mercredis !

– Non, ce métier est épuisant, stressant et il ne me plaît plus. D'ailleurs, ce n'est pas le métier, le problème ; c'est plutôt la pression constante qui est exercée que je ne supporte plus. Je veux changer de métier, changer de vie, changer de ville. Je veux tout changer !

Anne-Laure lui objecta :

– Le temps que tu te formes à ton nouveau métier, que tu t'installes, que tu commences à gagner de l'argent ; crois-moi, tu n'auras pas de temps pour tes enfants !

Émilie, exaltée, s'entêta :

– Je veux croire que je peux tout faire ! Ça va être tellement intéressant, tellement stimulant ! C'est comme partir à l'aventure, tu comprends ?

Non, Anne-Laure ne comprenait pas et elle avait peur pour son amie. Émilie lui exposa les métiers auxquels elle avait pensé, ce qui rendit Anne-Laure de plus en plus perplexe.

– Reprendre un bar-tabac à la campagne ! Non, mais, t'es sérieuse ?

– Je veux changer d'air ! redynamiser les campagnes !

– Tu es tombée sur la tête ! Je ne pensais pas qu'en t'emmenant à l'autre bout du monde, tu serais revenue à Paris complètement déboussolée. C'est le décalage horaire, ma petite Émilie, ça ira mieux demain.

– Mais non, pas du tout ! J'ai besoin de m'aérer ! de m'oxygéner ! de respirer ! et de tout changer dans ma vie !

De toute façon, Émilie n'avait pas besoin de l'approbation d'Anne-Laure. Elle avait toujours tout réussi, par elle-même. Elle avait galéré en arrivant à Paris avec ses maigres économies. Elle avait ramé parce qu'elle ne trouvait pas sa voie professionnelle. Elle avait exercé plein de métiers différents pour des salaires dérisoires avant de trouver sa vocation. Elle avait repris ses études, qu'elle avait financées elle-même puis grimpé les échelons, un à un. Elle avait réussi sans l'aide de personne. Et, au contraire, en dépit de ceux qui lui affirmaient qu'elle ne réussirait jamais à suivre des études tout en ayant un enfant en bas âge et qu'elle ne gravirait jamais les échelons puisque ce type de parcours n'était pas du tout reconnu ou valorisé en France. Elle n'avait écouté personne et elle avait réussi à réaliser son rêve professionnel de l'époque. Alors, personne ne pourrait encore la décourager aujourd'hui. Elle savait qu'elle devait seulement se mettre au clair avec elle-même sur ses envies, puis affiner son projet et avancer avec prudence.

Anne-Laure se résigna devant l'euphorie de son amie et entreprit de défaire sa valise ; Émilie décida de jeter un œil à sa boîte mail professionnelle. Elle y découvrit plus de six cents messages non lus. « Voilà, se dit-elle, c'est en partie pour cela aussi, que je ne souhaite plus exercer ce métier. » Elle referma son ordinateur. Ce qui la stressait tant, quelques semaines plus tôt, n'avait plus la moindre importance. Son téléphone retentit ; c'était son mari. Elle rassembla son courage et décrocha. Sébastien voulait savoir comment Émilie envisageait la suite de leur histoire. Il avait espéré que cette distance aurait fait retomber sa colère et qu'elle lui laisserait une deuxième chance. Mais elle lui expliqua qu'elle n'avait pas la force de lui pardonner, qu'elle allait emménager seule, qu'elle cherchait un appartement à proximité de l'école des enfants. Sébastien pensa alors que sa femme avait besoin de plus de temps et que c'était normal. Ils s'accordèrent pour garder les enfants, chacun une semaine sur deux.

*

Sereine et mue par une énergie nouvelle, Émilie reprit le travail. Son manager la convoqua dans son bureau pour lui proposer un aménagement de ses horaires afin de prendre en considération les recommandations de la médecine du travail suite à son « burn-out ». Émilie lui fit part, en retour, de son projet de se mettre à son compte et sollicita un congé pour création d'entreprise d'une année. Elle reçut, un mois plus tard, une réponse positive qui précisa que, dans un délai de deux mois, elle pourrait effectivement disposer de ce congé. En attendant, elle profita de ses jours de « RTT » pour visiter des appartements. Anne-Laure l'accompagnait à chaque fois. Puis un jour, elles tombèrent d'accord sur un nid douillet parfait pour Émilie et ses enfants. Un deux-pièces, c'était petit ; Émilie investirait dans un clic-clac et dormirait au salon. Sébastien lui proposa des meubles, mais elle ne voulut rien accepter. Elle ne souhaitait rien voir, chez elle, qui lui rappellerait son mari. De toute façon, elle ne voulait pas acheter grand-chose ; elle savait que cet appartement ne représentait qu'une étape de courte durée dans son chemin vers sa nouvelle vie. Anne-Laure lui offrit quelques meubles ; elles allèrent chiner le reste dans les brocantes.

Émilie avait plusieurs jours de repos à écouler, alors elle en profita pour tous les utiliser afin de réfléchir à son nouveau projet professionnel et passer le bilan de compétences pour lequel avait pris rendez-vous. Celui-ci révéla que, outre son désir d'un meilleur équilibre entre sa vie professionnelle et sa vie personnelle, Émilie avait besoin de se sentir utile et d'aider les gens. Les résultats de ce bilan dressèrent un panorama complet des forces et des envies d'Émilie et, même, une liste de métiers compatibles était proposée. Elle profita du nouveau rythme de travail alloué par son entreprise pour réfléchir à son projet, entrer en contact avec les personnes qui pouvaient l'orienter, rencontrer les organismes de financement.

Quelques mois plus tard, Émilie invita ses amies à dîner. Sophie découvrit, pour la première fois, le nouvel appartement d'Émilie et frissonna en apercevant un endroit si exigu et minimaliste dans la décoration. Une fois le trio installé autour d'un tabouret qui faisait office de table basse et les coupes de champagne servies, Émilie leva son verre et annonça avec enthousiasme :

– À ma nouvelle vie !

Elles trinquèrent en se réjouissant d'être, une nouvelle fois, toutes les trois réunies puis Émilie, euphorique, reprit :

– Voilà, les filles, je vous ai invitées parce que ça me fait plaisir de vous voir, bien sûr ! mais aussi pour vous faire part de mes projets.

Anne-Laure et Sophie s'adressèrent un regard inquiet.

– Je suis, actuellement, en train de suivre des cours pour devenir... naturopathe.

Anne-Laure laissa échapper un soupir de soulagement. Elle avait eu si peur que son amie se fourvoie dans un métier de patronne de bar-tabac ou d'éleveuse de moutons au fin fond du Larzac.

– Mais ce n'est pas tout !

Anne-Laure et Sophie affichèrent une moue incrédule.

– Je vais également ouvrir une maison d'hôtes en Ardèche.

– C'est tout ? demanda Sophie d'une voix aigüe et railleuse.

– Oui, c'est tout. C'est un double projet, en fait !

– Eh bien ! pour quelqu'un qui voulait avoir plus de temps pour ses enfants, c'est gagné ! lâcha ironiquement Anne-Laure.

Émilie expliqua son projet en détail, répondit aux questions, tenta de lever les doutes et de rassurer ses amies. Elle voulait s'occuper d'une maison d'hôtes et, en basse saison, consulter en tant que naturopathe. Elle savait bien que, dans un premier temps, elle ne pourrait pas embaucher quelqu'un pour l'aider à la maison d'hôte, qu'elle serait au four et au moulin, mais elle avait prévu que, par la suite, elle pourrait se faire aider et qu'alors, elle aurait plus de temps pour profiter de ses enfants. Elle avait bien peaufiné son projet et obtenu l'accord d'une banque pour un prêt, afin de réhabiliter une bâtisse qu'elle avait déjà repérée en Ardèche. Ses deux copines ne furent ni convaincues ni rassurées, mais Émilie avait confiance en elle-même. Elle était, par ailleurs, bien trop avancée pour reculer. La machine était en marche. Elle avait fait le plus dur, pensait-elle, trouver les renseignements, monter le business plan, obtenir les financements.

– Et la garde de tes enfants avec Sébastien ? s'enquit Sophie.

– Sébastien est d'accord pour que j'aie la garde exclusive. Il aime ses enfants et c'est un très bon père. Il aimerait les garder mais il pense qu'ils auront une meilleure qualité de vie en Ardèche. On a demandé leur avis aux enfants et ils sont d'accord pour partir vivre là-bas.

Sophie se sentit triste, tout à coup. Elle prit conscience qu'elle ne verrait plus Émilie, ou rarement, et que, par la même occasion, Anne-Laure s'éloignerait d'elle puisque Émilie était le ciment entre leurs deux personnalités si différentes. C'était la fin d'une ère. Sophie eut envie de pleurer mais elle se retint. Il fallait faire bonne figure et se réjouir des nouvelles ambitions de son amie, qui avait l'air tellement excité et épanoui. Alors, elle avala sa salive dans sa gorge nouée, saisit son verre, le leva bien haut et porta un toast aux futurs succès de son amie.

Anne-Laure tendit des paquets, les filles s'en saisirent avec précipitation. Elle avait réalisé, pour ses copines, des albums photos de leurs vacances via un site Internet à la mode permettant de créer de superbes ouvrages en quelques clics seulement. Elles se remémorèrent, alors, les bons moments passés et des éclats de rire volèrent à travers la pièce. Anne-Laure en avait également confectionné un pour ses parents, qu'elle leur avait envoyé par la Poste, en souvenir de leur fabuleuse quinzaine.

*

Émilie profita de son congé accordé pour poursuivre sa formation de naturopathe. En mars, Anne-Laure l'accompagna en Ardèche pour aider à la rénovation de la maison d'hôtes. Heureusement, il n'y avaient que de menus travaux à réaliser pour remettre l'endroit au goût du jour : des tapisseries à changer, des moquettes à arracher, du mobilier contemporain à disposer. Elles purent accomplir les travaux sans l'aide d'artisans, à des fins d'économies. Des retraités, bricoleurs et désœuvrés, avertis par la mairie, vinrent leur prêter main-forte. L'objectif d'Émilie était que tout soit fin prêt pour le mois de mai. Entre sa formation, les formalités administratives, les travaux, la création du site Internet de sa maison d'hôtes, le référencement… Émilie n'avait pas vu les mois défiler. Tout cela était si intéressant, si palpitant à ses yeux, qu'elle ne vivait pas les heures accumulées à ses desseins comme un fardeau. L'excitation qu'elle ressentait était son moteur l'empêchant de ressentir une certaine fatigue qui aurait pu se manifester.

Presque un an s'était écoulé depuis leur retour de Bali. Émilie convoqua ses amies pour un ultime dîner dans son appartement exigu des Hauts-de-Seine. Elle était en bonne voie pour obtenir son titre de naturopathe et la maison d'hôtes était prête à l'accueillir avec ses enfants. Sophie, elle, pendant ce temps-là, n'avait rien osé changer à sa vie. Elle préféra rester dans sa petite vie étiolée mais à l'abri de l'incertitude et de la crainte de ne pas y arriver seule. Elle préféra rester malheureuse plutôt qu'essayer de déployer ses ailes, tenter de voler. Elle avait bien trop peur de s'écraser en bas de l'arbre dès qu'elle aurait quitté le nid. Malgré l'euphorie d'Émilie et ses projets qui prenaient forme, rien ne parvint à stimuler la volonté de Sophie pour dépasser ses peurs. Elle y resta cloisonnée, se persuadant que son bonheur ne comptait pas, que seul le bonheur de ses enfants était important et devait passer avant le sien. Anne-Laure, quant à elle, avait partagé son temps entre ses missions professionnelles et ses voyages. Contrairement à Émilie, Anne-Laure savait qu'elle ne quitterait jamais sa chère capitale. Elle y était née ; elle y avait toujours vécu et elle aimait Paris. Elle appréciait tout ce que la Ville Lumière lui offrait : sa vie nocturne trépidante, ses expositions, ses concerts, ses spectacles et… ses aéroports.

Les trois copines trinquèrent à la nouvelle vie d'Émilie. Elle n'avait pas chômé, ces derniers mois, puisqu'elle avait même pris le temps d'organiser, pour son amie, la cérémonie de funérailles de son fiancé disparu.

*

Les parents de Marc ne daignèrent assister à la cérémonie. Ils n'acceptèrent jamais l'idée que leur fils soit décédé, car ils avaient nourri l'espoir irraisonné qu'il réapparaîtrait un jour. Il leur était impossible de faire le deuil de leur enfant unique : cela aurait été renoncer à lui. Alors, chaque jour était un rituel. Ils allumaient une bougie en pensant à leur fils. Ils lui parlaient en contemplant ses portraits, accrochés au mur ou disposés sur une console. Ils lui racontaient leur journée, indiquaient le temps qu'il faisait chez eux et lui demandaient s'il se plaisait toujours en Thaïlande. Ils devaient se contenter du silence pour unique réponse. Ils avaient nourri des idées fantasmées, selon lesquelles leur fils avait refait sa vie en Thaïlande ou ailleurs, avait disparu de son plein gré ou avait perdu la mémoire… mais qu'il était heureux quelque part.

La cérémonie fut belle et sobre. Émilie et ses enfants, Sophie, Anne-Laure, son frère et quelques amis proches de Marc étaient réunis. Les parents d'Anne-Laure étaient présents eux-aussi. Ils avaient fait le déplacement depuis Bali pour soutenir leur fille dans cette épreuve. Chacun évoqua un souvenir, prononça un discours ou simplement quelques mots. Il y eut des larmes mais aussi des rires, à travers les larmes, à l'évocation de certaines anecdotes. Le prêtre trouva les mots justes qui résonnèrent dans l'église. Anne-Laure retira sa bague de fiançailles, qu'elle avait continué de porter toutes ces années, et la déposa délicatement dans une boîte joliment décorée. Les autres y laissèrent une rose, une photo, un poème ou un objet personnel ayant appartenu à Marc. Une plaque commémorative fut scellée au cimetière et la boîte à souvenirs enfouie en terre. Anne-Laure se sentit, alors, soulagée qu'un hommage eût été rendu à son fiancé.

Émilie embrassa tout le monde chaleureusement. Anne-Laure remercia son amie pour l'organisation de la cérémonie et la pria de se montrer prudente sur la route. Catherine et Philippe exigèrent d'avoir des nouvelles, Émilie promit. Elle étreignit une dernière fois ses amies et leur adressa un doux sourire avant de monter en voiture. Ses enfants grimpèrent à l'arrière et attachèrent leur ceinture. Émilie mit le contact, le moteur vrombit. Tandis que la voiture s'éloignait, les petites mains s'agitèrent par les fenêtres et les silhouettes de ses amies s'effacèrent, peu à peu, dans le rétroviseur.

Sereine et confiante, Émilie roulait vers sa nouvelle vie.

Printed in Poland
by Amazon Fulfillment
Poland Sp. z o.o., Wrocław

12251885R00121